あなたに謎と幸福を

ハートフル・ミステリー傑作選

近藤史恵／加納朋子／矢崎存美
大崎 梢／宮部みゆき
細谷正充 編

PHP
文芸文庫

○本表紙デザイン＋ロゴ＝川上成夫

あなたに謎と幸福を――ハートフル・ミステリー傑作選　目次

割り切れないチョコレート

近藤史恵

ビストロ・パ・マルは小さい店である。

厨房は、三舟《みふね》シェフと志村《しむら》さんのたったふたりしかいないから、限界がある。

バゲットは厨房で焼かず、近所のおいしいパン屋から配達してもらっているし、普段フレンチの魚料理の決め手であるフュメ・ド・ポワソンも時間がかかるから、普段は作らない。食後の飲み物と一緒に出すプチフールも、マドレーヌやフィナンシェなどは焼くけれど、ボンボン・オ・ショコラとマカロンは、外部のチョコレート専門店から仕入れている。

すべてを自分のところでやることはできないが、それでも三舟シェフ曰く「このくらいの規模がいちばん気持ちいい」のだそうだ。

「指示がぶれないで、隅々まで行き渡るし、全部把握できる」

涼しい顔でそう言ってのけたけど、だからといって、シェフが完璧主義者でワンマンだというわけではない。ワインセラーのことは、ソムリエの金子《かねこ》さんにまかせっきりだし、その日のメニューを考えるのも、ときどき志村さんに押しつけている。要するに、気心が知れたスタッフだけだから、安心してまかせて、自分は楽ができる、ということなのだろう。さすがに、スタッフが十人近くなれば、まかせっぱなしにしておくわけにはいかない。

だが、たしかに小さな店だからこそ生まれる、お客さんとの親密な関係だとか、心地よさというものも存在する。

この、事件とも呼べない小さな事件が起こったのも、〈パ・マル〉が小さい店だったからなのだ。

‡

その日のランチはいつになく忙しかった。フレンチは食事時間が長いから、テーブルは一回転しかしないのが普通なのに、なぜか一時半を過ぎてから入店する客が多かった。ラストオーダーの二時を過ぎても、まだほとんどの客が食事を続けているような状況で、厨房だけではなく、ぼくや金子さんもてんてこ舞いを続けていた。

だから、その男女が陰鬱《いんうつ》な雰囲気であることに気づいたのは、デザートをサーブしているときだった。

ゆるいウェーブのパーマをかけた女性は、下を向いて洟《はな》を啜っていた。最近の女性は年がわかりにくいけど、たぶん、二十代半ばくらい。

向かいに座っている男性は、女性を慰めようともせず、不機嫌そうな表情で横を向いている。こちらは三十代だろう。しゃれた印象の銀縁眼鏡をかけた美男子だった。薄い唇は冷たそうだが、それでも女性にはもてるだろう。

恋人同士だろうか。ぼくはあくまでもさりげなく、ふたりに注意を払った。単なる野次馬根性だけではなく、もしふたりが喧嘩をはじめたり、女性が泣きだしたりしたら、まわりの客に迷惑をかけないようにフォローしなければならないからだ。

幸い、ふたりが座っているのは隅の席だし、隣の女性ふたり客は、食後のコーヒーを飲み終えて、今にも席を立ちそうな気配だ。ほかのテーブルの客たちも、不穏な空気に気づいている様子はない。

少し離れた場所に立って、ぼくはそのふたりを見守った。

相変わらず、男性はふてくされたように目をそらし、女性は今にも泣きそうな顔で下を向いている。

少し腹が立ってくる。恋人なのか夫婦なのかは知らないが、同席の女性が泣きだしそうになっているのなら、普通は慰めるはずだ。それなのに、彼は不機嫌そうな表情のまま、デザートのタルト・オ・ショコラを口に運んでいる。

一息ついたらしい金子さんが、空のボトルを持って戻ってくる。ぼくは目で合図した。お客さんの前で、ことばで説明できないことはたくさんあるから、そんなことばかりがうまくなる。

「どうしたの？」

金子さんが小さな声で尋ねる。

「奥のテーブル、ちょっと痴話喧嘩っぽいです。気づいてましたか？」

「うん、クールな感じの男性のテーブルよね」

やはり気づいていたらしい。

「なんか、さっき、彼女が彼を責めるみたいなこと言っていた。内容までは聞かなかったけど……」

と、すると、恋人同士のトラブルだろうか。たとえば、彼が浮気をしたとか。

そんなふうに考えたとき、まさにその奥のテーブルから手が上がった。男性がこちらを向いて、合図をしている。

ぼくはあわてて、テーブルに近づいた。

男性は空になった皿を、テーブルの脇に押しやった。

「ちょっと急ぐんで、もう、エスプレッソ持ってきて。それとお勘定も」

「はい、かしこまりました」

見れば、女性の前のスフレは、手をつけられないまま、無惨にしぼんでしまっている。

女性はぼくの視線に気づいて、あわてて笑顔を作った。

「わたしの分もお願いします」

それから、やっとスプーンに手を伸ばして、スフレを食べはじめた。

ぼくはカフェマシーンの前で、エスプレッソと、女性のカフェクレームを用意した。プチフールの載った皿と一緒に、それをテーブルに運ぶ。

テーブルの雰囲気は、相変わらず最悪だった。女性は、どこか放心したような表情のまま、スフレを口に運んでいる。

とりあえず、女性が泣きだす気配はなさそうだ。ぼくは心の中で胸を撫で下ろした。

支払いはクレジットカードだった。何気なく見た名義人には、ツルオカタダシとあった。

支払いを済ませると、男はさっさと立ち上がった。女性を置いて帰る気らしい。

フロントでコートと鞄を受け取ると、彼はなぜかカウンターに向かった。

「ここのシェフは？」

横柄な口調で言う。鍋を棚にしまっていた三舟シェフが振り返ったが、志村さんが彼の前に出る。クレーム処理なら、三舟シェフにはまかせておけないという判断だろう。

「どうかなさいましたか？」

「あんたがシェフじゃないだろう。その、後ろの長髪の男だろう」

「はい、そうですが、なにか？」

シェフは志村さんを押しのけて、男の前に出た。

「料理は悪くなかったが、最後で台無しだ。なんだ、あのボンボン・オ・ショコラは？」

シェフは眉をひそめた。

「なにか、問題がございましたか？」

「まずいんだよ。せっかくの料理の余韻が全部台無しだ」

連れの女性があわてて、彼に駆け寄る。

「ちょっと……やめなよ」

「まずいものを、まずいと言って、なにが悪い」

「それは申し訳ありませんでした」

シェフは意外にも素直に頭を下げた。もっとも、最後のプチフールとして出すボンボン・オ・ショコラはシェフの作ったものではないから、反論もできないのだろうが。

「タルトは、ヴァローナのカライブを使っていたようだし、悪くなかったが、よくもこんなまずいショコラを最後に出せるものだ。こんなものを食べさせられたら一日気分が悪い」

「ちょっと、ねえ、もうやめよう。帰ろうよ」

女性が必死になって腕を引っ張る。

志村さんが頭を下げる。

「大変申し訳ございませんでした。貴重なご意見ありがとうございます」

男は小さく鼻を鳴らすと、それ以上なにも言わずに足早に店を出ていった。残された女性はシェフに向かって一礼すると、そのまま後を追いかける。

ランチ客がすべて帰った後、シェフは不機嫌そうに呟いた。

「なんだ、さっきの眼鏡男は」

ボンボン・オ・ショコラはいつも、決まったチョコレート専門店から買っている。店がオープンしたときからのつき合いで、とてもおいしい店だ。

金子さんがシェフを慰めるように言った。

「ほら、チョコレートって普段食べているのが基準になるから、本格的なものを食べたことがなければおいしくないと思うんじゃないですか?」

たしかにぼくも、はじめてカカオ分の多い本当のチョコレートを食べたときは、驚いた記憶がある。それは、普段食べているお菓子のチョコレートとはまったく別物だった。

「いや、しかし、あいつ、タルトに使ったショコラが、ヴァローナのカライブだと見抜いた……」

シェフは自分に言い聞かせるようにそう呟くと、食料庫にいる志村さんに声をかけた。

「志村、チョコレート持ってきてくれ」

もともとそのつもりだったのだろう。志村さんはすぐに、ボンボン・オ・ショコラの入った箱を持って現れた。

箱を開けて、一粒口に入れたシェフの顔は、たちまち曇った。

「ちょっと食ってみてくれ」

言われて、ぼくたちも手を伸ばす。

「これは……」

志村さんも眉間に皺を寄せている。ぼくも首を傾《かし》げた。

いや、決してまずいわけではない。普通においしいチョコレートである。だが、以前とは味が変わったような気がする。前はもっと深みのあるおいしさだったように思うのに、今、口の中に広がる味は、少し安っぽい。

「味、落ちてますね」

志村さんがそう断言した。チョコレートは昨日届いたものだから、古くなっているわけではない。

「原料のチョコレートのランクを下げたようですね」

志村さんのことばに、シェフも頷く。

「それも、かなり、な」

そしてためいきをつく。

「まいったな。つい、一週間ほど前、食ってみたときはこんなんじゃなかったぞ」

「お店に確認してみましょうか」

シェフが頷き、志村さんは携帯電話を手に取った。

その店には、志村さんと仲のいい職人がいるから、彼に直接電話をするようだ。

しばらくして、電話を切った志村さんは、首を横に振った。

「どうやら、手違いや一時的な原料変更じゃないようです」

志村さんが聞いた話というのはこうだ。

その店に、都心の新しいファッションビルに出店する話がきたらしい。若者の集まる新しいスポットということで、家賃も高い。それだけではなく、オーナーが内装などにも凝って、一緒にカフェも併設したいと考えたらしく、資金を調達するため、材料費を切りつめにかかっているのだそうだ。ちょうど今、バレンタインで黙っていても売れるから、材料費を落とせばかなりの儲けが出る。

「つまりは、ずっとこのままってことか？」

「でしょうね。そういう考え方をオーナーがするようになったら、また材料のランクを上げるなんてことはないでしょう。トラブルで一時的に材料が手に入らなかったというわけではないですからね」

「と、なるとうちもこれ以上、ここのショコラを仕入れるわけにはいかねえな」

シェフはそう呟くと、チョコレートの箱に蓋をした。

「当分、プチフールはショコラなしでいくか。代わりにタルトレットでも焼いて」

幸い、プチフールはサービスのようなものだから、決まったものを出す必要はない。

結論が出てほっとしたのか、志村さんが顔をほころばせた。

「こうなると、かえって、さっきのお客さんに教えてもらったようなものですね。あの人が言ってくれなかったら、まだしばらくは、ショコラの味が変わったことに気づかなかったはずですから」

味見しなければならないものは、たくさんある。いつも仕入れているチョコレートだったら、わざわざ味見するまでもないから、気づくのには時間がかかったはずだ。

よく考えたら、さっきの男性は、シェフの料理についてはちっとも貶《けな》していない。

シェフは眉間に皺を寄せて、そっぽを向いた。

「そりゃあ、そうかもしれないが、言い方が気に入らねえな」

‡

その男性の正体がわかったのは、それから二週間ほど経った日のことだった。

休憩時間に、おいしい店の紹介で有名な女性誌をめくっていた金子さんが、急に声をあげた。

「ねえねえ、高築《たかつき》くん、これ、見てよ」

そう言って差し出されたページには、「話題のお店クローズアップ」という見出しがついていた。

チョコレート専門店〈ノンブル・プルミエ〉という店が紹介されていて、つややかに光ったチョコレートやエクレアの写真が載っている。

「あ、近所ですね」

アドレスを見ると、隣の駅である。今度機会があったら買ってみようと考えていると、金子さんに雑誌を取り上げられた。

「そうじゃなくて、そのオーナーの写真」

彼女が指さしたのは、右上にある小さな写真だった。

「オーナーである、ショコラティエの鶴岡正氏《つるおかただし》」というキャプションが横についている。写真に写っているのは、半月ほど前、チョコレートに苦情を言った、あのハンサムな男性だった。

「似てるわよね。気のせいかなあ」

ぼくは首を横に振った。

「この人です。クレジットカードの名前、これと同じでしたから」

同じ名前で、しかもショコラティエである。店も近所だから、うちにきていても不思議はない。ほぼ百パーセント同一人物だろう。

金子さんは雑誌を広げたまま、厨房へ持っていった。

シェフはしかめっつらをして、その記事に目を通した。

「店の名前は聞いたことありますよ。おいしいという噂でした。あの若さでオーナーとはやりますね」

志村さんが横からのぞき込んで口を挟む。シェフはなにも言わずに雑誌を閉じて、ぼくに押しつけた。

「高築、偵察に行ってこい」

「え、ぼくがですか?」

シェフは、自分の財布を手にとって、五千円札をぼくの手にねじ込んだ。

「とりあえず、それで買えるだけ買ってこい」

少しびくびくしながら、ぼくは尋ねた。

「あの人、ぼくのこと覚えてないでしょうか」

「ギャルソンの顔なんていちいち覚えるか。それに、覚えられていてなにが悪い」

まあ言われてみればそうなのだが、どうも気恥ずかしい。

自転車で隣の駅に向かいながら、ぼくは店での鶴岡氏のことを思い出していた。あのとき、一緒にいた女性とはあれからどうなったのだろうか。揉《も》めたのは、あのときだけのことで、その後はうまくやっているのだろうか。

偵察に行けと、シェフが言うのは、うまくすると、ここの店からチョコレートを買うことができるかもしれない、と考えたせいだろう。

あれから、プチフールにはチョコレートが欠けたままだ。シェフが、五百円玉くらいの小さなタルトレット・オ・ショコラを焼いているが、残念そうに「今日はチョコレートないんだね」と言う人もいる。

志村さんが聞いた噂ではおいしいらしいし、場所も近い。条件さえ合えば、うってつけだろう。

だが、ぼくはどうしても乗り気になれなかった。

あのとき、連れの女性に対する彼の態度は、驚くほど冷たかった。あんな嫌な男が作ったチョコレートは、きっと鼻持ちならない味に違いない。

もっとも、ぼくはただのギャルソンで、シェフが決めたことに口を出すような立場ではないのだけど。

地図の場所へ行ってみると、白い小さな店があった。壁はわざと、ぞんざいに塗った漆喰《しっくい》で、それがシンプルな建物に不思議な陰影を与えていた。

適当な場所に自転車を置いて、店の正面にまわったぼくは、軽くのけぞった。外までずらっと人が並んでいた。かなり繁盛しているらしい。バレンタインが近いとはいっても、ここまでとは。

ぼくは列のいちばん後ろについた。並んでいるのはほとんど女性だから、少し気恥ずかしい。通りすがりの人たちと目が合わないように、ぼくは先ほどの雑誌を取り出して読みはじめた。

記事によると、鶴岡氏は数か月前までベルギーの有名なショコラティエの下で修業していたらしい。帰国してすぐに〈ノンブル・プルミエ〉をオープンしたという。

「数字をテーマにしたスタイリッシュなラッピングと、優しい味のチョコレートが女性たちに大人気。今もっとも熱いショコラティエである」

記事はそんなふうに結ばれていた。

列は長くても、店内で食べるわけではないので、進むのは早い。店の前まで進んだところで、女性店員が、商品のリーフレットを渡してくれた。待っている間に選べるようにすることで、列はスムーズに進むし、客もイライラしなくて済む。トリュフは、ビターとミルクとシャンパンとオレンジキュラソー。ボンボン・オ・ショコラは、ガナッシュやプラリネ、キャラメルなどのありふれたものから、シナモンなどスパイスが入ったもの、黒糖などを使った和風のものなど、バラエティに富んでいる。

気がつけば、ぼくの後ろにも長蛇の列ができていた。この状況ではひとつひとつ選んで詰めてもらうのは気が引ける。ぼくは素直に二十三個入りの詰め合わせを買うことにした。余った分はミニサイズのチョコレートマカロンを買う。

ようやく店に入ることができた。薄暗い照明とモノトーンの内装。女性店員も白衣のようなユニフォームを着ていて、あくまでもシックだ。シェフに言われてきたのでなければ、入るのに躊躇してしまいそうだ。

暖房が入っておらず、肌寒いのはチョコレートの品質を落とさないためだろう。

店の奥は工房になっていて、そこで作業している鶴岡氏の姿が見えた。真剣な表情で、チョコレートの温度を測っている。

その表情がどこかで見覚えがあるような気がして、少し考えた。

チョコレートを買って、店を出てから気づく。

三舟シェフが、厨房で料理を作っているときの表情と同じだった。

‡

〈パ・マル〉に戻ると、金子さんがエスプレッソを淹《い》れている最中だった。シェフと志村さんもディナーの仕込みを中断して、テーブルについた。ぼくは、紙袋から箱を取り出した。

「素敵じゃない」

金子さんの言うとおり、ラッピングはとてもしゃれていた。いびつな六角形の変わった箱を、パラフィン紙でわざと皺をよせて包んで、チョコレート色の細いリボンがかけてある。

紙袋と箱には乱雑にランダムな数字がデザインされていた。どうやら、この模様が〈ノンブル・プルミエ〉のトレードマークらしい。

箱を開けると、あちこちから手が伸びて、チョコレートを取っていく。ぼくも、スミレの砂糖漬けを載せたボンボンを選んで口に入れた。

とろり、と舌の上でチョコレートがとろけた。それからすぐにフィリングのキャラメルの味になる。甘いだけでなく、しっかり焦がして苦みのある、大人のキャラメルだった。

　隣の金子さんも、ぼうっとしたような顔をしている。

「これ、蜂蜜のガナッシュなのね。おいしい」

「普通はスパイスを使ったチョコレートは個性的な味になるものですけど、コリアンダーみたいなきついスパイスを使いつつ、優しく仕上げてあります。なかなかのものですよ、これ」

　志村さんのことばに、シェフは渋々のように頷いた。

「悔しいがたしかにうまいな。シンプルなトリュフも出来がいい。もっと尖った味かと思ったが、どちらかというと親しみやすい味だ。これは固定客がつくだろうな」

　こんなおいしいチョコレートは、ゆっくり味わって食べなければもったいないと思いつつ、また手が伸びてしまう。次に食べたのは、グリオットというサクランボ入りのチョコレートだった。一口嚙むと、キルシュが口の中に鮮烈に広がる。

　シャンパントリュフを嚙《かじ》っていたシェフが、ふいに眉をひそめた。

「この詰め合わせ、なんでこんなに中途半端な数なんだ？」

　ぼくは口の中に残ったチョコレートを飲み込んで答えた。

「それが、詰め合わせはみんな、そんな中途半端な数だったんですよ。箱の形のせいですかね」

普通の箱に詰めるのなら、六個を四列で二十四個か、もしくは五個を五列で二十五個になるだろう。二十三個というのはたしかに変だと、ぼくも思った。

ぼくは、店でもらったリーフレットを出して、シェフに渡した。

そこには、詰め合わせセットの詳細が書いてある。ぼくが買った二十三個の詰め合わせのほかにも、いろんなセットがあった。

いちばん小さいものから、二個入り、三個入り。このあたりは普通なのだが、四個入りのセットがなく、五個入りまで飛ぶ。それから、七個、十一個、十三個となり、その次は十七個まで飛ぶ。十七個とさほど変わらない十九個のセットがあることも不思議だし、二十三個の次は、二十九個まで飛ぶのも謎である。あとは、三十一、三十七ときて、四十一がいちばん大きい箱になる。

もちろん、好きな数だけ買うこともできるのだが、詰め合わせセットがこんな不規則な数なのも珍しい。そうまでして、いびつな箱に詰めたいのだろうか。

リーフレットを眺めていた志村さんが言った。

「素数ですね」

素数。そんな単語を聞いたのはひさしぶりだ。数学で習った、一とその数以外の数では割り切れない数。たしかに言われてみれば詰め合わせセットの数は、すべて素数だ。

「ノンブル・プルミエ、すなわち、素数。店の名に合わせたんでしょうか」

ぼくは、紙袋の模様の数字を見た。59、67、83、131、593、1601。ほかにもあったが、頭で計算してみると、割り切れない数字ばかりである。

「変わった趣向だな。素数とチョコレートと、なんの関係があるんだ?」

シェフはリーフレットを裏返しながらそう呟いた。

「数学が好きなんでしょうか」

志村さんのことばを聞いて、ぼくは鶴岡氏の顔を思い出した。眼鏡をかけた、色白の整った顔は、ショコラティエというより数学者のイメージに近い。

その後、みんなでマカロンを食べた。小さなメレンゲ菓子は、歯の間で柔らかく砕け、それがなんとも心地いい。マカロンは難しい菓子のひとつだから、これがおいしいということは、どのチョコレートも丁寧に作られているということだろう。

ぼくは、先日、店にきたときの鶴岡氏の不快な態度を思い出した。職人としての真摯《しんし》さと、人柄は比例しないものである。

‡

その数日後のランチの時間だった。見覚えのある女性が、〈パ・マル〉のドアを開けた。

「あの、予約していた川出《かわで》です。連れは後からきます」

ゆるやかなウェーブのかかった髪とベージュのコートを見て思い出す。鶴岡氏の連れの女性だった。

たしか予約の電話がかかってきたのは昨夜で、テーブル席の空きがなかったので、カウンター席でいいとの了解を取っているはずだった。ぼくは、彼女のコートを預かって、いちばん奥のカウンターに案内した。

彼女の顔は相変わらず暗い。またこの前のようなことにならなければいいと、ぼくは思った。

少し遅れて現れたのは、やはり鶴岡氏だった。この前のことなど忘れたような顔で、彼女の隣に座る。コートを預かろうとしたが、「食べたらすぐに帰るから、いい」と拒絶された。

奥の席に座っていた前回と違い、会話は聞こうとしなくても耳に入ってくる。

彼らはまた、口論していた。女性が彼を説得しようとしていて、彼は「忙しい」と突っぱねているようだった。

仕事をしながらだから、完全に聞いたわけではない。だが、どうやら浮いた話ではないような様子だ。

ふいに、彼女が声を荒らげた。

「お兄ちゃん、いいかげんにしてよ」

思いの外、響いた声に我に返ったのか、また声を落として会話に戻る。

これでわかった。彼らは兄妹だったのだ。そう思えば、鶴岡氏の大人げない態度も、身内に対するものだということがわかる。名字が違うのは、妹が結婚したからだろうか。見れば、薬指に結婚指輪がある。

「ねえ、お母さんがかわいそうだわ」

「忙しくたって、ほんの少しくらい顔を見に行ってあげて」

聞こえるのは彼女の声ばかりだ。鶴岡氏は先ほどから黙りこくったまま、なにも言わない。

やがて、吐き捨てるように言う。

「忙しいんだ。バレンタインが終わるまでは、店を空けられない。それから考える」

「でも、バレンタインまでまだ半月もあるじゃない。ほんのちょっとだけでも……」

「店をオープンしたばかりだし、今が正念場だ。そんな暇はない」

「そんな暇って……」

彼女は絶句した。うっすらと涙ぐんで下を向く。

「お願い……もう、あんまり時間がないの。お医者様が、いつどうなっても不思議はないって……」

いきなり彼はカウンターを拳《こぶし》で叩いた。

「なら、なぜ、もっと早く言わなかった。ベルギーにいたときも、日本に帰ってからも……」

「それは、お母さんが、お兄ちゃんは大変なときだから、心配をかけちゃいけないって……」

「それで、今更言うのか？　時間がないって。いいかげんにしてほしいのはこっちだ」

彼は唇をきりりと嚙んだ。そしてコートをつかんで立ち上がる。

「帰る。時間ができたら、病院に行く」

「お兄ちゃん！」

彼は振り返りもせず、店から出ていった。カウンターの上には、シェーブルのサラダが手もつけられずに置かれていた。

彼女は顔を覆って下を向いた。唇が小刻みに震えていた。

‡

彼女は時間をかけて、メイン料理を食べていた。といっても、やはりあまり食は進まないらしく、蜂蜜でグリルした鶏は、半分以上残されたままだった。

「すみません、もう下げていただけますか？」

彼女がそう言ったときには、ランチの客はほとんど店を出てしまっていた。

普段なら、残した客には「お口に合いませんでしたか？」と聞くことが多いが、さすがに彼女にそれを聞くのは憚《はばか》られる。

残したのは、料理の味のせいではないことはわかっている。

「デザートは召し上がりますか？」

志村さんの質問に、彼女は首を横に振った。

「ごめんなさい。胸がいっぱいで……」

「でしたら、代わりにヴァン・ショーはいかがですか?」

三舟シェフが声をかけた。

驚いた表情の彼女に、志村さんが説明する。

「ホット・ワインです。うちの隠れた名物なんです。温まりますよ」

「なら……少しいただこうかしら」

すでに用意してあったのか、彼女の前にデュラレックスのグラスが置かれる。赤ワインにクローブやオレンジやシナモンを入れて温めた、冬にはぴったりの飲み物だ。

彼女はグラスの熱さを味わうように、両手で持って息を吐いた。香りを嗅いでから、そっと一口飲む。

「おいしい」

先ほどまで、強ばっていた彼女の表情が少しほころんで、見ているぼくも胸を撫で下ろした。

だが、彼女の顔はまた険しくなる。シェフの顔を見据えてこう言った。

「あの……ひとつ聞いてもいいですか?」

「なんなりと」

「こんなふうにお店を持って、それが繁盛してしまうと、自分の時間もなくなってしまうくらい忙しくなってしまうものなんですか？」

「それは場合によりますね。うちはもうオープンしてから何年か経つし、スタッフにも恵まれているから、わたしが一日か二日トンズラこいたって、まあ店がつぶれることはないでしょう。でもオープンしたばかりのときは、まだスタッフの教育も行き届かない。忙しいのは仕方がないことですね」

「……癌で、いつどうなるかわからない母親を見舞う暇もないほどですか？」

シェフはさすがに驚いた顔になった。

彼女は下を向いて、訥々《とつとつ》と話しはじめた。

「胃癌だったんです。見つかったときには、あちこち転移して、もう取りきれないって……。そのとき、兄はベルギーに修業に行っていて、わたしは呼び戻そうとしたんだけど、母は兄に心配をかけたくないって……」

帰国したときに話すつもりだったのだが、帰国後すぐ、出資者が見つかって新しいお店を持てるという話が浮上してきて、彼は忙しくなった。母親は「せめて落ち着くまでは」と、話すのを先延ばしにしたのだ、と彼女は語った。

「そうこうしているうちに、容態が急変してしまって……」

話しているうちに思い出したのか、彼女は声を詰まらせた。

老いた身体に抗癌剤の治療は負担だったのだろう。自力で食べることもできなくなり、流動食で命をつないでいる状況だという。

病状は一進一退だが、肺の粘膜も弱っていて、もし肺炎でも起こせば致命的なことになる、というのが医者のことばだった。

「父とは、わたしが幼いときに別れて、その後は女手ひとつでわたしたちを育ててくれました。その疲労が、ずっと身体を蝕《むしば》んでいたんだと思います。優しい母でした。甘いものが大好きで、お給料日にだけ、シュークリームやチョコレートを買ってくれて、それで言うんです。『わたしはいいから、あんたたちで食べなさい』って。本当は自分も食べたかっただろうに」

彼女は洟を啜り上げた。

「兄は変わってしまいました。ベルギーに行くまでは、母思いの優しい兄だった。入院しても見舞いにも行かないなんて、そんな人じゃなかった。ううん、変わったのは日本に帰ってからかもしれない。ベルギーからは、よく母に手紙と向こうのチョコレートを送っていましたから」

彼女は力無く、首を振った。

「なにが、兄を変えてしまったんだろう」

今まで黙っていたシェフが、口を開いた。

「わたしは、お兄さんは変わっていないと思いますよ」

彼女は驚いたように目を見開いた。

「え、でも、見舞いにもきてくれないんですよ？　変わっていないなら……まだ母を愛しているのならどうして……」

「割り切れないんですよ」

シェフは一度奥に引っ込むと、〈ノンブル・プルミエ〉の箱を持って戻ってきた。それを彼女の目の前に置く。

「お兄さんの作ったチョコレートを食べたことありますか？」

彼女は首を横に振った。

「どうぞ。もうほとんど食べてしまってますが」

彼女はおそるおそるチョコレートを口に入れた。

「……おいしい……」

「でしょう」

シェフは、まるで自分の手柄でもあるように微笑した。

「それにしても、変わっていると思いませんか。この箱、二十三個入りなんですよ。ほかにも十九個入りとか、二十九個入りとかそんな数の詰め合わせばかりだそうです。変わった店ですよね」

ぼんやりと箱を見つめている彼女に、シェフは語り続けた。

「どうして、そんな数なんだろう。単なる悪戯《いたずら》心なんだろうか、と思っていましたが、あなたの話を聞いてわかりました。これは、あなた方のお母さんのような人たちのためなんだって」

「母のような……？」

「そう。もしかして、もう少なくなったかもしれないけど、たしかにどこかにはいる、『わたしはいいから、あんたたちで食べなさい』と言う親のため。食べる人間がふたりであろうと、三人であろうと、必ず端数が出る数で、詰め合わせを作ったんじゃないですか。人数で割り切れず余ったなら、『わたしはいいから』と言っていた人も食べてくれるのではないでしょうか」

彼女は放心したように呟いた。

「ええ……母は……ひとつ余ったときにだけ自分も食べました。わたしたちが喧嘩しないようにって」

「そんな詰め合わせを考えるお兄さんが、変わってしまったと思いますか？」

「でも……じゃあ、どうして！」

どうして彼は母親の見舞いに行こうとしないのだろう。そう問いかける彼女に、シェフはもう一度先ほどのことばを口にした。

「割り切れないんですよ」

「割り切れない……？」

「そう。たぶん、お兄さんは、お母さんに大好きな甘いものを食べさせてあげたいという気持ちで、今まで頑張ってきたんじゃないですか。自分の息子の作ったものなら、喜んで食べてくれるでしょう。それだけではなく、苦労してきた母親に楽をさせてやりたいという気持ちだって、もちろんあったでしょう」

だが、知らされないうちに母は癌を患い、知ったときにはすでに明日をも知れぬ病状だった。それどころか、すでに自分の作ったチョコレートを食べてもらうことすらできなくなっていたのだ。

悲しみだけではなく怒りもあっただろう。そんなになるまで黙っていた母に、間に合わなかった自分に。

そして、まだそんな救いようのない事実と向き合うことができないのかもしれない。

彼女はしばらく黙っていた。ひどく長い沈黙の後、やっと口を開く。

「待っていたら……兄は割り切れるようになるでしょうか」

「それはわかりません。でも、お兄さんを信じてあげる価値はあるんじゃないでしょうか」

彼女はこっくりと頷いた。そして尋ねる。

「もうひとつ食べてもいいですか？」

「どうぞどうぞ」

彼女は白い歯でボンボン・オ・ショコラを囓った。そして笑う。

「優しい味ですね」

‡

鶴岡氏が母親の見舞いに行ったのか、その後、どうなったのか、ぼくは知らない。

だけど、一か月ほど後に、倉庫に見覚えのある箱を見つけた。素数をちりばめた、〈ノンブル・プルミエ〉の箱。業務用サイズである。

ちょうど在庫を数えていたシェフがちらりとこちらを見て言った。

「今日から、プチフールにショコラをまた入れるから」

ぼくはにやりと笑った。

「つまみ食いするなよ」

「はいはい」

ぼくはその箱を見ながら考えた。きっと、彼と母親の物語も、最後は穏やかに終わるはずだ。

このチョコレートは人を幸せにするから。

鏡の家のアリス

加納朋子

1

ガラス張りの店内を、仁木順平《にきじゅんぺい》はサーチライトのようにくまなく見渡した。休日の真っ昼間とあってそこそこ混んでいたが、待ち合わせた相手はまだ、現れていないらしい。

「なんだ、呼び出しておいて……」

つぶやきかけて、首を振る。取り決めた時間まで、まだあと十五分もあった。少し迷ってから、自動ドアの前に立つ。「いらっしゃいませ」の声とともに、黒いエプロンをつけたウェートレスが駆け寄ってきた。

航平《こうへい》から電話がかかってきたのは、前日のことである。自宅ではなく事務所の方で、だから仁木は、すわ難題を抱えた依頼人かと心を弾ませながら受話器を取った。従って『あ、親父？』という息子の第一声には、正直なところ失望したし、少々腹立たしくさえあった。

だがむろん、他人はおろか身内にだって、理不尽な怒りをぶつけるような仁木ではない。

『どうした？　珍しいな』

穏やかに尋ねた。用があってかけてきたのだろうに、航平はしばらく口ごもっていた。

そのときふいに、こうして息子と電話でやり取りをすることが、実際ひどく珍しい事態であることに気づいた。航平は現在、会社の独身寮にいる。自宅は充分通勤範囲内にあったから、本来なら寮になど入れてくれないと思われるのだが、人事をどうだまくらかしたのか、あるいは言いくるめたのか、ともかくオンボロだというその寮に住んでいる。住み心地は良かったとみえ、実家なんてものの存在さえ忘れ果てたように帰ってこない。電話一本、便りひとつよこすでもない。

男の子なんてつまらないものだ、と思う。

だが女の子ならば良いかと言えば、長女の美佐子《みさこ》はやはり就職とともにひとり暮らしを始めてしまった。なるほど、航平とは違ってしょっちゅう電話をかけてはくる。が、その相手をするのはもっぱら妻の役目だった。

父親なんてつまらないものだ、と重ねて思う仁木である。

『何か困ったことでもあったのか？』

息子が言葉を選びかねているようなので、仁木はさらにそう言った。どちらかと

言えば気の短い方であり、せっかちそのものでもある。問われた息子はううんとうなり、

『……困ったことっつうか、相談事っつうか、お願い事っつうか、さあ……』

お調子者ではあるが、ふだんはこんなにだらだらした物言いをする航平ではない。

『ひょっとして、女のことか？』

カマをかけてみると、相手は感心したような声を上げた。

『よくわかったな』

『ダテに私立探偵はしていないさ』

得意げな仁木の言葉に、航平はほんの少し、笑ってから言った。

『実はさ、俺もそろそろ独身寮を出ようかと思ってるんだけど』

身を固めたい、の婉曲表現なのだろう。予期してはいても、やはり少し動揺する。できるだけ、なんでもなさそうに聞いてみた。

『お母さんにはもう言ったのか？』

『お袋？　いや、まだ……』

相変わらず歯切れの悪い息子の口調に、仁木はまたしてもぴんときた。そうか、そういうことなのか。

『わかった、お母さんには俺からうまく話しといてやるよ。式は急がんとな。いい産婦人科医を知ってるから、何なら紹介してやるぞ』

『ちょっと待ってくれよ。産婦人科？　一体何の話をしているんだよ』

慌てる息子を、仁木はまあまあと制した。

『勘違いするんじゃない。もちろん中絶する気なんてないのはわかっているよ。できるだけ早い時期に、いい医者に診てもらった方がいいと言っているんだ』

一瞬の間を置いてから、航平はふいに声のトーンを上げた。

『勘違いしてるのはそっちじゃないか。できてないよ、子供なんて』そう叫んでから、慌てたように小声になる。『とにかくさ、直接会って話したいことがあるんだ。場所は……』

といった次第で、結局仁木は事情もよくわからぬまま、航平と外で落ち合うことになった。考えてみれば息子と喫茶店に行くのも、初めてのことである。そもそも、話がしたければ自宅に来れば良いのだ。それをわざわざ外に呼び出すということはつまり、話の内容を母親には聞かれたくないのだろう。だから仁木も先走った誤解をしたわけだし、今日も妻には航平と会うことをあえて伝えなかった。

待ち合わせ時刻ちょうどに、航平は現れた。

「悪いね、急に呼び出したりしてさ」珍しく殊勝な面もちで、航平は言った。

「本当は直接探偵事務所の方に行けば良かったんだけど、ちょっと事情があってね」

ことさらに〈探偵事務所〉と強調されて、仁木は軽く眉を上げた。

「ひょっとしておまえ、用があるのは探偵としての私にか？」

「実はそうなんだ」航平は父親の顔を真っ直ぐに見て言った。「結婚を考えている女性のことでね」

一拍おいて、仁木は尋ね返した。

「まさか、見合いの聞き合わせみたいなことを親にやらせるつもりじゃないだろうな」

「まさか」言下に航平は笑った。が、その笑顔は親の目にはどこかぎこちない。

「で、その子、白川《しらかわ》ユリアさんっていうんだけど……」

「ユリア！」思わず仁木は声を上げた。「どこの国の人かね」

「日本人だよ。白川って言ったろ」

「どういう字を……」

「理由をひっくり返して、あと亜細亜《アジア》の亜」

「どういう人なんだい？」

「近いうちにいずれ紹介するよ。全部片づいたらね。とにかく」航平は手にしていたコップを乱暴にテーブルに置いた。高い音が響き、傍らに立っていたウェートレスがびくりとした。「コーヒー」と低い声で注文してから、同じ調子で続けた。

「田中明子《たなかあきこ》って人がいてね」

「今度はまたずいぶんと平凡な名だな」

「名前なんてどうだっていいよ。とにかくその女が、由理亜に色んな嫌がらせをしているんだ。郵便物を抜き取ったり、中傷するような手紙を送りつけたり、後を尾《つ》け回したり、ついこの間なんかはマンションの鍵穴に接着剤を流し込んだりもした。よくある手口だけど、やられる方はたまったもんじゃないよ」

「はやりのストーカーというやつか」

仁木がうなずくと、航平はややひるんだような表情を見せた。

「どうかな。そこまで言っちゃうのは気の毒な気もするけど」

「おまえらしくもない、煮え切らない言い方だな。気の毒もなにも……ひょっとして」気づいて仁木は声をひそめた。「昔付き合っていた女性なのか？」

図星らしく、航平の頰が赤くなった。

「二、三回デートしただけだよ。それで、好きになれそうにないことがわかったから、彼女にもそう伝えた。言っとくけど、産婦人科医を紹介してもらわなきゃならないようなことは何もしていないからな」

「わかったわかった、そうムキになるな。それで具体的には、何をして欲しいんだ。ストーカー行為の証拠集めか？　警察に訴えるにしても、証拠があった方が話が早いからなあ」

「警察……そうだね。最終的には、俺も警察に頼るしかないとは思っているよ。もしこのまま、行為が改まらなかったり、それどころかエスカレートするようなことがあればね。もちろん、穏便に済ませられるなら、それにこしたことはないけど」

「ううん」仁木は唸り声を上げた。「あまり気は進まないが、その田中明子嬢を四六時中尾行して、おいたをしそうになったら、これこれと止めに入るか？　こっちがストーカーで捕まりそうだな。説得に応じてくれりゃ、話は早いんだが」

航平はいまいましげに顔をしかめた。

「説得ならもう、うんざりするほどやったよ。だけどまるきり言葉が通じないんだよ。こっちが何を言おうと、にこにこ笑いながら自分が話したいことだけをしゃべり続けるんだ。素敵な教会を見つけたとか、ウェディングドレスはどこのブランドがいいとか……」

「そりゃ、また」何やら薄ら寒いものを感じつつ、仁木は尋ねた。「仕事は何をしている人なんだい？」

「色んなアルバイトを転々としている。フリーターってとこかな。実家からも仕送りをもらっているらしくてさ、あくせく働く必要もないんだよ」

「つまり、暇を持てあましているってことか」

小人閑居《しょうじんかんきょ》して……というやつだ。

「ほんとに、神出鬼没もいいところだよ」

「おまえのところにも現れるのか？」

仁木の言葉に航平は首を振った。

「俺が住んでいるのは独身寮だからね、部外者の、それも女性は入り込みにくい構造になっている。でなきゃ、うろうろしてたかもしれないけど。それで、どうやって調べたのか、由理亜の方がターゲットにされちゃったってわけ。彼女、ひとり暮らしだし。見張るとしたら、こっちの方が効率がいいと思う。これが、住所と地図」あらかじめ用意していたらしい紙片を差し出しながら、航平は小声で言った。

「実は明日からしばらく遠方に出張でさ、何かあってもすぐに駆けつけられないからなおさら心配なんだよ。これは正式な依頼のつもりだよ。ちゃんと正規の料金も払う」

「馬鹿言え、おまえから金を取れるか」

「いや、俺が本気だってことをわかって欲しいんだ」航平はきっと顔を上げて、まるで目の前の〈敵〉に投げつけているような強い口調で言った。

「とにかく、俺は彼女を守りたいんだ。田中明子に会ったらこう伝えてくれないか。由理亜に手出しをしたら、許さないってね」

2

帰り際、「せっかくだからメシでも食っていかないか。近くに良さそうな蕎麦屋があったし」と誘ったが、「用がある」とすげなく断られてしまった。

「何、お袋、家にいないの？」

「昨日からホテルに缶詰だよ。タイムリミットが迫っているんだそうだ」

仁木の妻、鞠子《まりこ》――別名三田村茉莉花《みたむらまりか》は、そこそこ名の知れたシナリオライターなのだ。

「相変わらずだね」つぶやいてから、航平はさりげなく付け加えた。「あのさ、この話はお袋には……」

「わかっているよ」話のわかるところを見せて、仁木は笑った。「言っても心配かけるだけだしな。全部片づいてから、改めて婚約者を家に連れてくればいい」

航平はほっとしたようにうなずいた。

「そうするよ」

なんら後ろ暗いところはなくても、やはり母親に聞かせるには少々ばつが悪い話だったのだろう。同じ男として、仁木には息子の気持ちがよくわかった。

まったくのところ、男とは女にいい格好をして見せたい生き物である――たとえその相手が母親であろうと、妻であろうと。

父子の心が通じ合ったことに満足しつつ、仁木は昼食を摂るために目をつけておいた蕎麦屋に入った。三色せいろというのを頼み、ほどなくやってきたそれを律儀に一色ずつ片づけていると、ふいに傍らに誰かが立った。

顔を上げるとすぐそばに、愛くるしい微笑みがあった。

「こんにちは」

目の前の愛らしい唇が、それにふさわしい可愛らしい声で言った。サクランボみたいなその唇は抜群に可愛い女の子の顔を構成する重要なパーツであり、首から下にはフリルとリボンでデコレートされた花模様のワンピースがあった。

「……こんにちは」

挨拶を返しつつ、仁木は軽い既視感に襲われていた。が、目の前の相手は助手の市村安梨沙《いちむらありさ》ではない。しかし雰囲気がよく似ている。さしずめ、少し年上の姉、といったところか。

「どちらさんですか？」

当惑して仁木は尋ねた。その問いには答えず、相手は逆に聞いてきた。

「仁木順平さんですよね？」

「あ、ああ……」

仁木がうなずくと、女性は嬉しげに言った。

「今、携帯メールで航平さんから連絡をもらって、急いで追いかけてきたんです……この辺でお蕎麦屋さんってここだけだから、良かったわ。どうしてもお会いしたくて」

やや舌足らずで、甘ったるい感じのするしゃべり方だった。

「そうですか、あなたが……」

まじまじとぶしつけなほどに見やってから、はっと気づいて慌てて目を逸らした。なるほど、白川由理亜という顔をしている。仁木は妙に納得していた。まるで西洋人形のような顔立ちだ。〈華やか〉だが〈派手〉ではない。むしろ清楚な印象すら受ける。そしてやはり、見れば見るほど安梨沙に似ている。

以前、妻が言っていたことがある。航平には付き合っている女性がいるらしいこと、そして市村安梨沙は航平の好みのタイプそのままであること。

——なるほどね。

大いに得心してうなずいた。妻は航平が由理亜と二人でいるところを、たまたま見るかどうかしたのだろう。

「ここに坐っていいですか？」

正面の椅子を指差され、仁木は慌てて言った。

「どうぞ。良ければ昼食を一緒にいかがですか」

由理亜はさっと腰かけ、壁に並んだ品書きを楽しげに見て言った。

「奢ってくださるんですか？　それじゃ、クリームあんみつを」

ずいぶんとちゃっかりしている。注文の品が来るまでの間、由理亜はにこにこ笑いながら仁木の顔をじっと見つめていた。

「やっぱり似ていますね、航平さんに」

「そりゃ、まあ、親子だからね」

せかせかと最後の一色をすり込みながら、ぎこちなく仁木は答えた。外見はともかく、中身はあまり安梨沙に似ていないぞと思う。

「お母様には、ちっとも似ていないわ」

「妻を知っているんですか？」

「三田村茉莉花がお母さんだなんてすごいですよね」うっとりと彼女は言った。「講演会にも行ったことがあるんですよ……航平さんと二人で」

なるほど、と仁木は内心で再度うなずく。それでは妻がデートの現場を目撃するはずだ。

「しかしあいつがよくそんなところに行ったなあ。航平のやつ、母親の正体を人に知られるのは本気で嫌がっていたくせに」

妙なところでシャイなのだ。

もっとも、息子の気持ちはよく理解できる。家族の中に有名人を抱えるというのは、傍《はた》で思うほど良いことばかりではない。普通なら何事もなく行き過ぎるはずの場面で、他人からおかしな当てこすりを言われるなんて経験は、掃いて捨てるほどしている。航平だってそれは同様だろう。

仁木の言葉にも、由理亜は別段動じた風ではなかった。

「あの方が私のお母さんになるだなんて、ほんと、嘘みたい。私ずっとお母様のファンだったんですよ。お書きになったドラマや出演なさった番組は全部ビデオで持っているし、講演会ではこっそりカセットデッキを持ち込んで録音したりして……これは内緒ですけど。エッセイに出てきた映画を観たり、本を読んだりもして……ほんと、ミーハーで恥ずかしいんですけど」

嬉しげに言う。仁木はかすかな苛立ちと、違和感とを感じ始めていた。

仁木はややそっけなく尋ねた。

「ところで、ここへいらしたのは何か急な御用でもあったんですか？」

由理亜は一瞬きょとんとした顔をした。

「あ、そうですよね。呑気にあんみつ食べてる場合じゃないですよね」

由理亜はバッグから一枚の写真を取り出し、テーブルの上に置いた。

「これをお渡ししようと思って。さっき、航平さんのお話に出てきた女性です。いつも同じ人がドアの前にいるのに気づいたから、こっそり望遠レンズで写しておいたんです。あ、私、カメラとかもわりと好きで、高校時代は写真部にいたんですよ」

仁木は身を乗り出して、しげしげと眺めた。ごく平凡な顔立ちの、普通の女性である。地味ではあるが、とても悪質なストーカーには見えない。むしろ知的でシャープな印象を受ける。

「今回のことでは、さぞ不愉快な思いをなさっているでしょうね」

仁木は言わずもがなの質問をした。相手は形の良い眉を軽くひそめて、

「あまり嬉しくはないですよ、もちろん」

と言ったが、どうやらさして深刻に思い悩んでいる風でもない。

「この女性について、何かご存じですか？」

由理亜はあっけらかんと首を振った。

「いえ……あまり知りたいとも思いませんし、興味もないし」

それはそうかもしれないが、少し能天気過ぎやしないか？　仁木は質問を変えた。

「どういった感じのお住まいなんですか？　ご住所からすると、集合住宅のようだが」

「ええ、賃貸マンションです。一応２Ｋだけど狭いし、古いから、お家賃はそんなに高くないの」

「失礼ですがお仕事は？」

「人材派遣の会社に登録しています。今、ちょうど契約が切れたところで、次のお仕事が入るまでの間、暇なの。だから私にできることなら、何でもおっしゃってくださいね」

「それでは」少し考えてから仁木は言った。「送られてきたという中傷文ですが、今、現物はお持ちですか？」

「いえ、まさか」由理亜は大きく首を振った。「気味が悪いので、捨ててしまいました。あとで航平さんに怒られました……内容は一応、覚えていますけど」

「差し支えなければ教えてください」

「差し支えは……ないんですけど。私が、三田村茉莉花さんの娘になりたくて航平さんに近づいているんだろうって。ファンなのは事実ですが、そんなのって……」

「確かに中傷ですね」

由理亜はこくりとうなずいた。

「ひどいですよね。それと、ハートのエースは自分のものだからあなたには渡さない、と」

「ハートのエース？」

仁木が首をかしげると、由理亜はびっくりしたように目を見開いた。

「あら、ご存じないんですか？　何年か前にドラマのスポンサーから三田村茉莉花さんに贈られた本物のダイヤモンドですよ。ドラマの中でも重要なシーンで使われていたもので、当時けっこう話題になりましたよ」

「ああ、そう言えば……」

そのスポンサーというのは有名な宝飾店で、その社長は妻の熱烈なファンでもあった。ドラマが高視聴率をキープしたこともあり、記念にと贈られたのが、ドラマでも実際に使用された宝石だった。淡いピンク色をした珍しい石で、ハート形にカットされていた。

『私が身につけるには可愛らし過ぎるから、息子のお嫁さんになる人にあげようかしら』という妻のコメントがどこかに載っていた。当時はまだサラリーマンをしていたから、会社の複数の若い女性から『仁木さんの息子さん、紹介してくださいよ』とからかわれた記憶がある。

実際、家族が有名人というのもしんどいものだ、と仁木はため息をついた。ストーカーもどきの行為に及んでいるくだんの女性は、ひょっとしてその宝石目当てで航平に近づいたのだろうか。まさかとは思うが、もしそうだとすると、航平があまりにも不憫である。

しかしその、由理亜の説明によれば〈プレミアム的価値の高い〉宝石は、仁木の知らぬ間に妻から息子に手渡され、さらにそれが見知らぬ若い女性の手に渡っていたわけである。疎外感というわけでもないが、やや複雑な思いの仁木であった。

「……あの、よろしければ今からご案内しましょうか」いささか唐突に、由理亜が言い出した。「私のマンションに」

少し考えて、仁木は申し出に乗ることにした。仕事に取りかかるのは早ければ早いほどいいし、当人から詳しい説明も受けておきたかった。

やがて到着したのは、由理亜自身も言っていたとおり、いかにも築年数を重ねていそうな無骨なマンションである。入り口にはアルミでできた年代物のメールボックスが、ずらりと並んでいた。「402　白川」と書かれたボックスには、数字錠がぶら下がっている。由理亜はそれを指先で弾きながら言った。

「これ、一応防犯のためにつけたんですけど、あんまり意味はないんです。ほら」

と言って投入口から指先を差し入れて、するりと封書を取り出してしまった。

「なるほど、女性の手だと簡単に入ってしまうわけか」

確かにこれでは無意味だ。

「私の部屋、いちばん上の四階なんです。お茶でも淹《い》れますから、どうぞ」

言うなり由理亜は先に立って歩き出した。

「いや、別に上がり込む気はないんだがね。若い女性の部屋だし……」

慌てる仁木を振り返り、由理亜は小さく微笑んで言った。

「ここまで来て、何をおっしゃっているんですか。ご遠慮なく、どうぞ」

「……それじゃ、ほんの十分だけ」

堅苦しい口調で宣言してから、仁木は由理亜に続いてエレベーターに乗った。凝った編み込みにした由理亜の髪から、ふわりと良い香りが漂ってくる。この女性かいずれ「お義父《とう》さん」と呼ばれる日が来るかと思うと、何やら面映《おもは》ゆいような照れ臭いような気がする。

由理亜の部屋は決して広くはなかったが、きれいに片づいていて居心地が良かった。洋室と和室が二間続きになっていて、洋室の方はリビングとして使っているらしい。きちんと本が収められた本棚とファクシミリ、それに小さなソファと、やはり小さなテレビがあった。今時の若い女性としては、かなり質素な暮らしぶりである。お洒落な家具やファンシーな小物で埋め尽くされた部屋を想像していた仁木としては、やや意外な感じがした。

和室には机と、何やら動物がいるらしいケージがぽつんと置いてある。

「何か動物を飼っているんですか？」

「ええ、ハリネズミを」

手早くお茶を淹れながら、すまして由理亜は答えた。

「ハリネズミ！」また変わったものを、と思いつつ仁木はにやりと笑った。「女王陛下のクローケー・ボールだな」

むろん出典は『不思議の国のアリス』である。ハートの女王のクローケー・グラウンドでは、アーチはトランプの兵隊たち、木槌は生きた紅鶴、そしてボールときたら生きたハリネズミなのだ。

「え、何ですって？」

急須《きゅうす》から顔を上げて、由理亜は怪訝そうに言った。

さもありなん、それが通常の反応だ。普通の人は『アリス』を知ってはいても、そんな細かいことまでは覚えていまい。とは言え、少々寂しい仁木である。

ともあれ、ハリネズミなんて動物を間近で見たことのない仁木は、ケージに近づいてしげしげと覗き込んでみた。ハムスター用と違い、さすがに大型のケージである。片端に大きな回し車があった。その後ろにトイレらしきものがあり、反対側には餌が山盛りになった皿が置いてある。そして隅にはボール紙でできた四角い箱があった。これがハリネズミの巣箱なのだろう。開口部から、小動物のお尻だか背中だか、ともかく砂色の長い尖った毛が見える。

「触らない方がいいですよ」背後から由理亜が注意する。「こないだ私、うっかりして指を刺されたわ」

そう言った端から、自分の手を差し入れて脇腹をこちょこちょとくすぐった。ハリネズミはうんともすんとも反応しない。

「あまり人になついたりはしないのかな」仁木は立ち上がり、本棚を眺めた。「おや、ハリネズミの本がありますね」

その隣には、妻の書いたエッセイ集や、ドラマのノベライズが並んでいた。ファンだという割には、あまり保存状態がよろしくないな、と愛書家の仁木は思う。

「おや、どうなさったんです？」

突然、不安げにきょろきょろしだした由理亜に、仁木は尋ねた。無言で立ち上がり、しきりにそこらの物入れを覗き込んだり、本棚に飾られた小物類を眺めたりしている。

しばらくして、ようやく仁木の存在を思い出したように振り向いた由理亜が、ぽつりと言った。

「何か、変」

「変って、何が?」

「部屋の中の物が、動かされているような気がするんです。どこがどうとは言えないんですけど、なんだか、変な感じ……あの、私、今日、友達に電話で呼び出されたんですけど、行ってみたら待ち合わせ場所に友達はいなくて、私、待つの嫌いだから待ち合わせ時間ちょうどにその友達に連絡してみたんです。そしたらそんな約束知らないって」

いても立ってもいられないといった様子で、由理亜はまた立ち上がり、机の引き出しを引っかき回し始めた。

「……つまり、田中明子があなたの友達を騙《かた》ってあなたを呼び出し、その間にこの部屋に侵入した、と?」

「え? あ、ええ。もしかしたら、ですが」

あちこちを確かめながら、由理亜は不安げにうなずいた。

「もしそうだとしたら、大事《おおごと》じゃないですか。そうだ、例のダイヤモンドは無事ですか?」

「ええ、それは大丈夫。私、嬉しくていつも持ち歩いているから……」

弱々しく微笑んで、由理亜は言った。

「それはそれで危ない気もするが……誰かに預けておいたらどうですか？」

「そんな……せっかく頂いたのに、いつも手許に置いていたいじゃないですか」

由理亜は可愛らしく口を尖らせた。

「しかし……」

「そうだ」ふいに由理亜はぽんと手を叩いた。「お義父様はプロの探偵さんなんですよね。だったら、この部屋の中にだって、絶対に見つからない隠し場所を思いつけるんじゃないですか？」

と、いとも無邪気に言ってくれた。仁木はううんと唸り声を上げた。

「それは難題だな」仁木は腕組みをして考え込んだ。「本の背表紙、額の裏、植木鉢の中……どれもありきたりだな。相手が女性だから、冷蔵庫の中や茶筒の中もやはり危険か」

由理亜は期待に満ちた顔で、仁木を見つめている。仁木はもう一度、唸り声を上げた。

「奇抜なところでハリネズミの餌箱、とか……食べてしまうかもしれないなあ」

「あら」にっこり笑って由理亜は言った。「私、いいことを思いついたわ。ありがとうございます。お義父様のおかげだわ」

「そうかい。それは良かった。それで、どこに隠す気かい？」

「ふふ」由理亜はひどく人の悪い笑みを浮かべて見せた。「内緒です。敵を欺くにはまず味方からってね」

はなはだ心許なかったが、当人が満足しているらしいので、敢えて水は差さなかった。仁木としては、そんなダイヤの一つや二つ、くれてやってもいいじゃないかとさえ考えている。それよりも、もっとずっと大切なものがあるはずだった。

そこで仁木は立ち上がり、おもむろに窓や玄関の錠をチェックし始めた。当人はやけに呑気に構えているが、もし本当に誰かが侵入したのなら一大事である。彼女の気のせいではないかという思いもあったが、この部屋が最上階にあるのが引っかかっていた。共用廊下に出て非常階段を探すと、屋上へ向かう階段には一応柵がついている。が、その気になれば簡単に乗り越えられそうだった。それはつまり、最上階の部屋にはベランダ経由で容易に侵入できるということだ。

「あの、ね、君」部屋に戻った仁木は尋ねた。「両隣に住んでいる人と付き合いはあるかい？」

「ううん」子供のように由理亜は首を振った。「顔も知らないわ。昼間はお勤めで誰もいないみたいだし」

案の定の返事である。仁木は少し考えてから言った。

「今度のことは私が責任を持って相手の女性と話をつけるつもりだ。しかしそれには時間がかかるかもしれない。何しろ相手がどこに住んでいるかもわからないんだからね。ぼやぼやしている間に、君の身に万一のことが起きたら、私は息子に顔向けができない」

「万一？」

きょとんとした顔で、小首をかしげる。

「何か危害を加えられるかもしれない、ということだよ。君だって、相手がダイヤ欲しさに部屋にまで侵入してくるかもしれない、いや、現に侵入してきたかもしれないと、思っているわけだろう？」

「それは、ええ。そうですけど……」

「だったら」仁木はわざと厳しい口調で言った。「申し訳ないが、しばらくの間ここを離れてもらえないかい。ご親戚でもお友達でも誰でもいい、誰か泊めてくれる人はいないのかい？」

当然ながら由理亜はひどく心細そうな顔をした。

「あの、でも、私……」

「短い間のことだから」

「でも、あの、私……実家は福井で親戚も……地元の短大出てすぐこっちきて、でも派遣なんてやってるから長く同じところにはいなくて……そんな、泊めてくれるような人は誰も……」

「今日、すっぽかされたという友達は？」

「その子は彼氏と同棲しているもの」

ならば、やむを得ない。仁木は決心を固めた。

「それなら、うちに来なさい……もしあなたが嫌でなければ、だが」

由理亜の目が、ふいに大きく見開かれた。

「うちって……あの、それはつまり三田村茉莉花先生のお宅ってことですよね」

「あ、ああ。まあそうだが……」

仁木順平と仁木鞠子の家だと、仁木自身は思っている。

「嬉しい」文字どおり、飛び上がって由理亜は喜んだ。「嬉しい、嬉しい、まさか本物の三田村茉莉花さんのお宅が見られるなんて。ほんとに夢みたいです」

喜びついでに抱きつかれ、目を白黒させる仁木であった。

3

「――それで、由理亜さんは？」

翌日、探偵事務所に出勤してきた市村安梨沙は、ことのあらましを聞いてそう尋ねた。

「上機嫌でうちの客間に泊まっているよ」

浮かれるあまり着替えや何かを持ってくるのを忘れ、「取ってきます」と飛び出したかと思うと、海外旅行でもできそうな大荷物を抱えて帰ってきた。仁木も知らなかった「三田村茉莉花の好物」だという菓子もお土産に持ってきていた。荷物を置くやいなやまた飛び出していき、近くのコンビニで使い捨てカメラと色紙を買ってきた。もちろん三田村茉莉花と一緒に写真を撮り、サインをもらうためである。

それはそれは、緊迫感のかけらもない避難生活の始まりであった。

仁木の返事に、安梨沙はくすくす笑った。

「それだけ奥様のファンだったら、嫁姑問題はあり得ませんね」

「そうかもしれないね」

仁木はそっと肩をすくめた。

由理亜を連れ帰るにあたって、ホテルで缶詰中の妻に了解を求める電話を入れた。妻は見かけによらず物事に動じないたちだが、それでも家に帰っていきなり家族が増えていれば、驚くだろう。しかも若い女性である。

事情を話すと妻は『まあ、そんな面白いことが』と不謹慎この上ないセリフを吐き、あまつさえ大急ぎで家に帰ってきてしまった。どうやら行き詰まっている真っ最中だったらしく『いい気分転換だわ』と終《しま》いにハートマークでも付けかねない口調で、不謹慎の重ね塗りみたいなことを言っていた。

由理亜のファン歴はよほど長いと見えて、夫たる仁木よりもよほど妻の仕事ぶりに詳しかった。たちまち二人は意気投合してしまった。仁木としては何やらつまはじきにされたような気分であった。今朝も二人に行ってらっしゃいと見送られて、出てきたのである。

安梨沙が淹れてくれた紅茶を飲み干すと、仁木は大急ぎで由理亜の住むマンションに向かった。交代要員である安梨沙は、電話一本で駆けつけてくれることになっている。長時間、たった一人で見張り続けるなんてことは、事実上不可能だ。安梨沙がいてくれて、本当に良かったと思う。

もっとも、そう思えるのは何もこんなときばかりではない。

仁木は最適なポイントに車を停めると、じっと一点に狙いを定めて目をこらし続けた。問題のマンションの共用廊下が見える。由理亜の部屋のドアさえ見張り続けていれば、また鍵穴に妙な細工をしようとしても現場を押さえることができる。郵便物に関しては、配達直後から安梨沙が見張る手はずになっていた。

鍵のいたずらにしても、郵便物を抜き取られた件にしてもそうなのだが、すべて発覚したのは由理亜が仕事を終えて帰宅した夕方以降のことである。つまりストーカー行為は真っ昼間に行われているものと思っていい。だから真夜中まで見張る必要はないと航平は言っていた。人員不足の零細探偵社としてはありがたいことである。また、由理亜はさっさと安全なところに避難させたから身辺警護の必要もない。それでぐっと仕事がやりやすくなった。

とにかく悪さの瞬間をカメラのフィルムに残してしまえば、それを証拠として警察に訴え出ることができる。実際にそうするかどうかは別として、交渉ないし説得の材料にはなるだろう。大概の場合、警察という言葉を聞けば頭も冷えるだろうと は思う。が、そうならなかったときの保険として、悪さをしに現れた田中明子嬢を追跡し、住所や家族状況などを調べておく。

ざっとそんな計画だった。

何事もなく数時間が過ぎ、仁木は車の中にじっと坐っているのが辛くなってきた。少し降りて伸びでもするか、とドアを開けたとき、ちょうど角を曲がってきた女性と目が合ってしまった。

相手は小首を傾げ、それから「あ」という形に口を開いた。仁木の方にも、確かに彼女に見憶えがあった。

「……航平さんのお父様、ですよね？」

もの柔らかに尋ねられ、仁木はかえってうろたえてしまった。この女は、追い回している男の父親の顔まで把握しているというのか？

「悪いことは言わない」ごくぶっきらぼうに、仁木は言った。女性を糾弾するのは苦手だった。「あなたも将来のある身でしょう？　下らないことは止めたらどうですか」

相手はひどく驚いたように目を見開いた。そしてしばらく押し黙っていた。

「よくわかりませんが、何か誤解があるみたいですね。お話をさせてもらえば解決すると思うんですが、あいにくと今とても急いでいるんです。近いうち、お時間いただけますか？」

穏やかに微笑み、深々と一礼するとその女性は歩き去ってしまった。

「……体《てい》よく逃げられた、かな」

憮然と仁木がつぶやいたとき、バスケットを抱えた安梨沙が足取りも軽やかにやってきた。

「所長のおにぎりとお茶を持ってきました」満面の笑みを浮かべて、安梨沙は言った。

「所長のお好きな明太子ときゃらぶきと、あとそれから……」

いつもながら、著しく緊張感を削ぐ登場ぶりである。

「や、ありがとう。助かるよ」

礼を言って、安梨沙を助手席に招き入れた。

今のひと幕について話してやると、安梨沙はその場にいなかったことをひどく残念がっていた。

「どういう感じの人でした?」

好奇心も露わに聞いてくる。

「どういう……ううん、とてもストーカーなんてしそうな感じには見えなかったな。理知的で、穏やかで」

「人は見かけによらないってことですね」

真面目くさって安梨沙は言う。

「まあ、そうだな。あらかじめ話を聞かされてなければ、完全に騙されるところだったよ。しかしせっかく君に来てもらったが、さすがに今日はもう現れないだろうなあ」

「そうかしら」安梨沙はむしろ期待するような顔で言った。「そういう厚顔無恥な人はきっと、すぐに何食わぬ顔でやってくるに違いないわ」

「そうかもしれないね」

仁木は笑って、助手に一時交代を申し出た。手洗いに行きたくなったのだ。

「任せといてください」

そう言って安梨沙は、コサージュとレースで飾られた胸をどんと叩いた。

近くの図書館で用を足し、さあ戻ろうと歩き出したとき、安梨沙から携帯電話に連絡が入った。

「大変です、所長。また田中明子が現れました」

「なにっ」

仁木が急いで戻ると、さすがに青白い顔をして、安梨沙が車の前で待っていた。

「どこへ行った？」

「由理亜さんの部屋へ堂々と入って行っちゃったんです。鍵を開けて」

困惑したように言葉を切ってから、安梨沙は続けた。

「逃げられたのか？」

「逃げたと言うか……」

「それが……」

4

「——鍵を開けて入った？」由理亜の部屋に向かいながら、呻くように仁木は言った。「どういうことだ。どうやって合い鍵を手に入れたんだろう」

「あの、私、思ったんですけど」エレベーターの中で、安梨沙が言った。「以前、鍵穴に接着剤を流し込んだのは、合い鍵を手に入れるためじゃないかしら？」

「しかし接着剤じゃ型は取れないぞ」

「そうじゃないんです。鍵穴にそんな悪戯《いたずら》をされたりしたら、まず鍵屋さんを呼ぶでしょ？　鍵そのものを取り替えなきゃならないから……。どこの業者を呼んだかは、マンションの前で見張っていればわかるわ。そういう業者は普通、社名を書いた車で来るから。あとはどうにかしてその会社に潜り込めれば……」

「そんなことが……いや、しかし」仁木はまたもや呻き声を上げた。「そう言えば、田中明子はフリーターみたいにあちこちの職場を転々としているってことだったな。しかしいくらなんでも普通の若い女性がそんなこと……」

「やったんですよ。でなきゃ、鍵を持っているわけがないもの」

安梨沙は自信たっぷりに断定してみせた。

「中で何をしているんだろう」

仁木のその問いは、答えを求めてというよりは内心で感じている薄気味の悪さが思わずこぼれてしまったものである。しかし安梨沙は当たり前のような顔をして答えた。

「そりゃ、ダイヤモンドを探しているんだわ。宝石やブランド品にものすごい執着心を持っている女性って、けっこう多いものですよ。たとえばね、聞いた話ですけど……」

宝石やブランド品にものすごい執着心を持っている女性の実例についての話を、仁木はあまり積極的には聞きたくなかったので、さりげなく遮って言った。

「ほら、着いた。行くぞ」

「アイアイサー」

陽気に叫ぶなり、安梨沙は仁木を追い越して駆け出し、目的のドアに辿《たど》り着くといきなりドアホンを押してしまった。

部屋の中でインタホンの受話器を外した気配がしたが、応答はない。仁木はドアホンに口を近づけて言った。

「先ほどお会いした仁木と申しますが」

「……仁木さん？」おずおずとした声で、ようやく返事があった。それからかなり間があって、「なぜそこにその人がいるの？」とヒステリックな声が聞こえた。おそらくドアスコープで安梨沙の姿を認めたのだろう。

「この際、なぜあなたがそこにいるかの方が問題だと思いますがね。ここは白川由理亜さんのお宅ですよ。すぐに出てこないと、警察を呼びますよ」

「警察？」相手はかすれた声を上げた。「どうしてそうなるんですか？　仁木さん、あなたは騙されているんです。さっきも申し上げたでしょう？　ひどい誤解なんです」

「誤解かどうかは、交番に行けばはっきりしますよ。ここに携帯がある。これですぐ……」

仁木が言い終えないうちに、相手は悲鳴のような声を上げた。

「待ってください。そんなみっともないこと、私、耐えられません。もし警官がここに来たりしたら、ベランダから飛び降りてやるから」

これには仁木も焦った。

「落ち着きなさい。話し合いをしないとは言っていない」

「そこから離れて。車に戻って、ライトを点けて。早くして。でないと飛び降りるわよ」

相手の要求に、仁木は安梨沙と顔を見合わせた。

「絶対脅しですよ」

安梨沙がささやく。

「だろうが……興奮させてはまずい。ここはいったん引き下がろう」

言われたとおり車に戻り、合図としてライトを点滅させた。

「どうします？　彼女、宝石が見つかるまで出てこないかもしれませんよ」

そう言う安梨沙の顔は、むしろ嬉しげに見える。仁木はため息をついた。由理亜と言い、妻と言い、どうして自分の周辺にはこういうタイプの女性ばかりが集まるのだろう？

「見つけて出てくれれば、窃盗《せっとう》の現行犯だよ。ついでに家宅侵入罪と。とにかく、ひとまずこの場を離れよう。玄関先でごたごたしていたら、ご近所に気まずくなるのは由理亜さんだ」

とりあえず車を移動させてから、由理亜に現状を報せるべく、自宅に電話を入れた。すると妻が出て言った。

「由理亜さんならいないわよ。何だか憂鬱そうにしていたと思ったら、友達から電話が来たって言って出かけてしまったの」

仕事が修羅場に差しかかっているとは思えない、のどかな口調である。

「そりゃ、憂鬱だろうな、こんな事件に巻き込まれていれば。しかしふらふら出歩いたりしちゃ、危険じゃないか。何のためにかくまっているんだか……」そう言いかけて、当面、危険人物は籠城を決め込んでいることを思い出し、首を振った。

「まあいい。帰ってきたら、私の携帯に連絡をするよう伝えてくれないか。ちょっと妙なことになってしまってね」

用件だけを言い終えると、どう妙なことになっているのかを妻が知りたがる前に通話を切った。妻の好奇心は、双方の仕事が終了してからゆっくり満たしてやればいい。

「さて、と」仁木はつぶやいた。「こうなったら持久戦だな」

警察を呼ぶのは、あくまで最後の手段だ。航平自身もそのことには消極的だった。そんなつもりがあれば、最初から警察に相談しているだろう。若い女性の未来を思えば、仁木としてもそこまで追いつめることにはためらいを覚える。余計な恨みを残しそうでもあり、いかにも後味が悪い。

「そうですね。のんびり待ちましょう」

安梨沙はそう応じると、バスケットから魔法のように紅茶のポットとクッキーの包みを取り出した。

車内にアールグレイとレモンクッキーの匂いが立ち込め、やがて薄れていった頃、動きがあった。

「出てきましたよ、所長」

潮干狩りで蛤《はまぐり》を掘り出した子供のような口調で、安梨沙は言った。

「ああ。思ったより早かったな」

まずドアが細めに開いた。チェーンをかけたまま、周囲の様子をうかがっているのだろう。誰もいない、と踏んだのか、いったんドアが閉まり、捜査対象が出てきた。間違いなく田中明子嬢である。見たところ何か持ち出した様子はないが、ダイヤの一つくらいならポケットにだって入る。

マンションの敷地から公道に出るには、二ヵ所のルートがあった。打ち合わせていたとおり、仁木は表玄関に、安梨沙は裏へと回る。やがてエレベーターが開く音がしたが、足音は聞こえてこない。裏から出るつもりらしい。後を追おうと仁木がエントランスに飛び込んだとき、小さな悲鳴が聞こえてきた。慌ててそちらに向かうと、安梨沙がぺたりと歩道に坐り込んでいる。仁木を見て、安梨沙は弱々しく微笑んだ。

「どうした」

「ナイフで脅かされました」

「何だって？　どこか怪我は？」

「平気です。折りたたみの、ちっちゃいやつだったんですけど、突然突きつけられたものだから……」

避けた弾みで転んでしまったらしい。はるか先に、ばたばたと走っていく女性の姿が見えた。相手が刃物を所持している以上、深追いは禁物である。

「あの人、言ってましたよ。『ダイヤなら置いてきたわよ、心配なら見てくれば』って」

「物も言いようだな。置いてきたんじゃなくて、単に見つからなかっただけだろうに……」

「でも、それも本当かどうかはわからないですよ。由理亜さんに確認してもらわないと」

安梨沙がそう言ったとき、まるでタイミングを計ったように仁木の携帯電話に連絡が入った。

「由理亜さんからの伝言よ」聞こえてきたのは、呑気な妻の声だった。「急いで帰りますから、待っててください、ですって」

由理亜が現れたのは、小一時間も経ち、安梨沙がそわそわと夕食についての心配をし始めた頃のことだった。

「私はここで見張っているから」車の前で仁木は言った。「君たち二人で、何か盗まれたものがあるかどうか、確認してきなさい」

場合によっては警察を呼ぶのも、もはややむを得ないだろう。

まるで姉妹のように見える二人は、仲良く連れ立って歩いて行った。

そのとき、仁木の携帯電話が鳴った。

「あ、俺。航平だけど。今、仕事終わったとこ。そっち、様子はどう？　変わりない？」

「変わりないどころか……」

仁木は手短に先ほどの顚末を語った。

「うっそだろ」さすがに航平は驚いたらしかった。「やっぱ、あんな釘の刺し方じゃ甘かったか」

「何のことだ？」

「昨日さ、喫茶店で待ち合わせたろ？」

「それが何か？」

共用廊下に二人の姿が現れた。

「あんとき俺、こっちは本気だぞ、探偵に証拠集めだってさせるぞってことをあいつに思い知らせたくて、ちょっと脅しの意味も込めて、わざとあいつに聞こえるように話していたんだよ」

「あいつとは誰だ？」

二人がドアの前に立ち、由理亜がバッグから何かを――おそらく鍵を取り出し、鍵穴に差し込んだ。

「だからさ、あの店のウェートレスだよ。あれが、田中明子だったんだ」

「何だって?」

仁木は驚きの声を上げた。

あのとき——あの場にいた? 田中明子が?

ウェートレスの顔なんて、仁木はろくすっぽ見ていなかった。覚えているのはわずかに、黒いエプロンのついた制服ばかり……だが、服なんてあっという間に着替えてしまえる。

「おい、航平」

携帯電話に向かってそう言いかけ、すでに通話が切れていることに気づいた。公衆電話からだと言っていたから、またすぐにかけ直してくるだろう。

由理亜と安梨沙が部屋の中に入っていった。遠目に二人は、まるで双子のように見える。

電話の続きのように、航平の言葉が甦ってきた。

——まるきり言葉が通じないんだよ。

別な誰かの言葉も甦る。

——ひどい誤解なんです。

誤解? 誰が、何を誤解していると言うのだ?

仁木は車を離れ、歩き出した。エレベーターに乗り、共用廊下を小走りに行く。何かが変だった。確かめなければならなかった。問題は、何を確かめるべきなのかわからない、ということ……。

もどかしい思いで由理亜の部屋に辿り着き、ドアノブに飛びついた。鍵はかかっていなかった。重い扉を力いっぱいに開け——。

安梨沙と由理亜が二羽の小鳥のように、ぽかんとこちらを見つめていた。まるで鏡に映った像のように、二人はよく似ている。

『鏡の国のアリス』で、アリスは自分が映った鏡の向こう側へと旅立った。鏡の国は、何もかもが逆様の、おかしなあべこべの世界だった。

田中明子はドアスコープから安梨沙を見て、なぜあんなに驚いた？ 仁木と一緒にいる安梨沙を見て。

安梨沙を由理亜と間違えた？ 部屋の主が帰ってきたと思った？

それとも——。

あべこべ、逆様、そして入れ替わり……。

なぜだかそんな言葉が、仁木の頭の中をずっと、ぐるぐる回り続けている。

馬鹿な。いったい何を考えている？ あり得ない、そんなこと。あの女はついさつき、ナイフで安梨沙を脅したではないか？

しかし。もし心底怯えていたのは、部屋の中にいた女の方だったとしたら？　窮鼠《きゅうそ》猫をかむ、ともいう。ひどく怯えた人は、あるいはナイフくらいは持ち歩くかもしれない。

それに、そうだ。あの喫茶店で航平と仁木の会話を聞いていたのなら、なぜ間抜けにも由理亜のマンションの近くにのこのこ現れた？　見張られているのがわかっているのに……。

もし、本当に悪質なストーカーなら。あの場合、どんな行動に出るだろう？　追い回している男の父親が目の前にいたとしたら？

仁木は目の前のそっくりな女性二人を交互に眺め、そして一人のところでぴたりと視線を止めた。

航平と会って話をした直後。馬鹿にタイミングよく現れた人物がいやしなかったか？　どこか嚙み合わない、ちぐはぐな会話を、今日、誰かと交わさなかったろうか？　相手が、こちらの話をろくに聞いていないんじゃないかと思った瞬間はなかったか？

数多くの、違和感。積み上げられた、小さな齟齬《そご》。確かに何かが変だった。何かが……。

「……ねえ、所長。私、ひとつ気づいたことがあるんです」

心なしか固い顔で、安梨沙はそっと耳打ちした。仁木はそっとうなずいた。

「ああ。おそらく私も同じことに気づいたよ。しかし安梨沙。君は車に戻っていなさい」

車のキーを取り出して、安梨沙に手渡す。安梨沙は何か言いたげに仁木を見たが、素直に従い、部屋を出て行った。

仁木はほっと胸を撫で下ろした。安梨沙にそっくりな女性を糾弾するところなど、可愛い助手には見られたくなかった。

そうだ。今しなければならないのは、相手の化けの皮を剝がし、糾弾すること。

仁木はゆっくりと由理亜に向き直り、低い声で言った。

「――信じられないことだが、……あなたが田中明子だったんですね」

5

白川由理亜は……いや、田中明子はぽかんと口を開けてこちらを見ていた。その顔があまりに安梨沙に似ているものだから、仁木は辛くなって相手に背を向けた。

「すっかり騙されていたよ。思い返してみれば、君はある意味ではフェアだった。自分が由理亜だとは、一度も名乗らなかったからね。だからって褒める気にはなれないがね」

喫茶店での航平と仁木の会話を聞き、彼女は恐れ入るどころか、仁木に近づくことを思いついたのだ。大胆にも、由理亜になりすまして。そして航平の父親である仁木を籠絡《ろうらく》しようと試みたのだ。

目的は？　実にはっきりしている。本職の探偵を使って、ダイヤモンドの隠し場所を探させようとしたのだ。この人の良さそうなボンクラ親父なら、きっと思いどおりに操れる……そう考えたのだろう。

仁木は不快さに顔をしかめて言った。

「以前、サラリーマンをしていた頃ね、君みたいなしゃべり方をする女性を部下に持ったことがあるよ。甘ったるい、舌足らずな話しぶりが可愛いと、若い男連中からはやたらと人気があった。反面、女性からはひどく嫌われていたがね。彼女、相手が男か女かで、しゃべり方がまるで違っていたんだよ。君に対しても、そうした二面性を疑ってみるべきだったんだ……最初から」

とうに気づいているべきだった。最初から、あまりにも親しげだった。初めて会った婚約者の父親に対するにしては、馴れ馴れしすぎるといえるほどに。無神経と無邪気とは、ときとして区別がつかないほどに似ることがある、三田村茉莉花のファンだということを少しも隠さない彼女と、三田村茉莉花の息子であることを隠したがる息子とが、相容れるはずもなかったのだ。

また、友達を騙った電話に呼びだされたというのも、いかにも作り話めいている。友達なら、声でわかりそうなものじゃないか？

そしてまた、ストーカーから避難する際、彼女はペットのハリネズミのことを少しも気にかける様子がなかった。いつ戻れるかわからないというのに。

「あのハリネズミだって、少しも君になついていなかった……無理もないことだけどね。この部屋だって、あまりにも君とそぐわない。自分でもそう思わないかい？君が妻の講演会に持ち込んだとかいうカセットデッキだって、どこにもない」

「あの……」相変わらずの甘い舌足らずな口調で、背後から声をかけられた。「何を言っているのか、よくわからないんですが」

「今までも、都合の悪いことはすべて、その調子だったんだろうな。耳に痛いことは何ひとつ、君の心には届かない」仁木は深い吐息をついた。「本物の由理亜さんには、ひどいことをしてしまった。彼女はずっと『誤解だ』と言っていたのに。彼女こそが本物の、息子の婚約者だったんだ。君のせいで彼女を追いつめて、窓から飛び降りるとまで言わせてしまったんだぞ。護身用のナイフを握らせるまで怯えさせて……」

「あの……」明子は不安そうに仁木の顔を覗き込み、繕《つくろ》うような笑みを浮かべた。

「よくわからないんですが、何か怒ってらっしゃいます?」

――怒っているに決まっているじゃないか。

そう怒鳴りかけたとき、仁木の携帯電話が鳴った。出るべきかどうか躊躇したとき、明子が素早く言った。

「ごめんなさい。たぶんこれのせいで、何か失礼があったんですね」

明子は、そっと自分の髪を掻き上げた。

凝った編み込みの中に、何かがちらりと顔を覗かせていた。ごくごく小さな機械のように見える。そしてそこから、彼女の右耳にかけた小さな半円――その瞬間まで、風変わりなアクセサリー程度にしか考えていなかったものだ――に向けて、細い線が繋がっていた。

あれは何だ?

当惑しながら、仁木は鳴り続ける携帯電話に出た。予想どおり、航平からだった。

「テレホンカードが切れちゃって、参ったよ。携帯は電波が届かないし……で、さっきの続きだけど、由理亜には怪我はないんだよな」

「あ、ああ。大丈夫……」

そう答えたものの、仁木は混乱していた。先ほど息子と話していたときと、その後とでは仁木の考える由理亜はまったく別の女性に代わっている。由理亜だと思い込んでいた女性も。そして今はどう考えているかとなると、先ほどまでの自信が少々揺らぎ始めていた。何かがおかしい。何か、変だった。

探偵事務所を開いてから今まで、仁木はそんなにひどいヘマをしでかしたことはなかった。大した事件は扱っていないかもしれないし、しょっちゅう安梨沙にアシストしてもらっていたかもしれないが、それでも仁木の推理がまるで見当違いだったことはなかった。

今回も、そのはずだった。だが……。

ひどく当惑しているものの、取り敢えず、誰にも怪我はない。それだけは確かだ。

「大丈夫。誰も怪我はしていない」

　もう一度、仁木は言った。今、自信を持って保証できるのが、その事実ひとつであるように思えるのは、なぜだろう？

「で、彼女は？　今そこにいるの？」

　安心したのか、航平は途端にのどかな口調になって尋ねた。仁木の動揺に気づいた様子はない。

「ああ……あ、いや。代わろうか？」

　自分は一体、何を口走っているのだろう？　誰に代わろうと言うのだ？　ここにいるのは、田中明子ではないか？

「どっちだよ」航平は焦《じ》れたように言った。「どっちにしてもさ、親父。彼女、携帯は無理だよ。雑音が多いからね。普通の電話でやっとどうにかってところなんだ」

「どういうことだ？」

　仁木が尋ねると、航平は電話口の向こうで「ああそうか、まだ言ってなかったんだっけ」とつぶやいた。

「……あのさ、喫茶店ではあいつがいるから注意できなかったんだけどさ、由理亜と話をするときには正面を向いて、はっきり大きな声でしゃべって欲しいんだ。親父って声が低い上に、あがったりするとちょっと早口になっちゃうだろう？　そういうしゃべり方、彼女一番苦手なんだよね」

「だからどういう……」

再度聞き返しながら、仁木の胸はすでに重苦しい予感でふさがれつつあった。

航平は言った。

「由理亜の耳は……つうか耳の中身はさ、人工内耳なんだよ」

そう言われても、とっさにはその意味することを計りかねている仁木に、航平は重ねて告げた。

真実を。ことの真相を。

「彼女、後天的な難聴でさ、そういう手術を受けているんだ。由理亜の耳にはね、あらゆる人間の声がすべて同じ調子に……まるでロボットの声みたいな合成音に聞こえているんだよ」

6

白川由理亜が事故で聴力を失ったのは、学生のときのことだった。頭を強打した結果、内耳の中にあるカタツムリのような形をした器官が、その機能を失ったのだ。その後、人工内耳を埋め込む手術を受けた。技術の進歩とは素晴らしいと仁木は思う。少し前までなら諦めねばならなかった、人との音声によるコミュニケーションを、この小さな機械は手助けしてくれるのだ。

機械は偉大だ。だが、万能ではない。

数万本あるという聴神経の仕事を、たった二十数本の電極が肩代わりするわけだから、以前と同じように聞くのはどうしたって無理だ。しかし、たとえあらゆる人間がロボットのようにしゃべろうと、聞き取りにくいことがあろうと、それでも聞こえないよりはずっとましだ。人工内耳は条件を備えた高度難聴者にとって、真っ暗闇の中のひと筋の灯りなのだ。

その事実を知ったとき、仁木は恥じ入って消えてしまいたいほどだった。由理亜の舌足らずでたどたどしい話し方に、仁木は無意識のうちに苛立ちを覚えていた。それが、彼の推理を間違った方向に導いてしまったのかもしれなかった。が、あれは相手に媚びているのでも甘えているのでもない。彼女の抱えた障害故だったのだ。

田中明子が極めて悪質だったのは、そうした由理亜のハンディを知っていて、そのことを利用した点である。由理亜が人間の声を識別できないことを承知の上で、彼女の友人を騙る電話を幾度もかけたのだ。そして由理亜の留守宅に入り込む……そんなことを繰り返していた。

静かな環境で、一対一での会話なら、ほぼ問題なくこなすことができる。多少声が小さくても、由理亜は読唇術をマスターしていたからそれで補うこともできる。が、集中していないときに話しかけられたり、相手の言葉が少しでも早口だったりするともういけない。由理亜と会話していたとき、何度か聞き返されたり、ピントのずれた返事をされたりして、それもまた、違和感の原因になっていた。それらは主として仁木の側に問題があったのだ。彼女は決して、人の話を聞いていないのではない。仁木の発音が不明瞭だったり早口だったりして、聞き取れない場合がしばしばあったせいなのだ。

また、仁木が指摘したカセットデッキは、確かに由理亜の部屋には存在していなかった。オーディオの類も一切ない。かつてはあった。彼女がそれを講演会場に持ち込んだのは、事故に遭う前のことだった。音楽やラジオも、現在の由理亜にとっては以前と同じようには楽しめないのだ。

そして由理亜にとって、電話の聞き取りは非常に難しく、緊張を強いられることだそうだ。携帯電話ともなればなおさらである。だからごく身近な人にのみ、緊急用に番号を伝えてあるだけだった。親類や仕事関係の友達には、その旨を手紙に書いて送った。それに対する返事を明子に盗まれ、そして悪用された。

断じて許すべきではない、と思う。仁木だって決して褒められた立場ではないが、それでも田中明子を許してはいけない、と思う。

あのとき安梨沙は、例の機械に気づいたこともあり、そうした可能性にいち早く思い至っていた。そして仁木もまた同じことに気づいているのだと、思い込んでくれていた。由理亜を気遣い、二人きりで話をしたがっているのだ、と。

——まったく買いかぶってくれたものだ。

自分が、そして自分のポンコツな頭脳が、情けなくて仕方がなかった。

少年の頃から、推理小説に出てくるような探偵に憧れていた。人の言動の裏を読み、快刀乱麻の推理で事件の隠された真実を暴く。

とんだピエロだった。すべてを見透かしたつもりになって、悦に入って滔々《とうとう》としゃべって……。

いったい何様のつもりだったのだろう？

事情を把握した仁木は、もちろん即座に心から由理亜に謝罪した。すると彼女はにっこり笑ってこう言ったのだ。

『さっき、何かおっしゃったんですか？　すみません、私、耳が悪いので、良く聞こえませんでした』

まったく聞こえていなかったはずはない。ところどころ聞き取れない部分があったとしても、仁木が何を言わんとしているかくらいは当然わかったはずだ。けれど由理亜は、無邪気な笑みを浮かべて、何ひとつ聞いていませんという顔をしてくれている。仁木がひとたび口にしてしまった取り返しのつかない言葉を、なかったことにしてくれた。

申し訳なくて、そしてありがたくて、仁木は不覚にも涙ぐみそうになった。それまで漠然と抱いていた、〈この女性が息子の妻になることへの違和感〉が、すっと溶けて、消えた。

「……それで、ダイヤモンドは結局どこに隠していたんですか？」

帰り際、ふと思い出して聞いてみると、由理亜は得意げに胸を反らして言った。

「〈女王陛下のクローケー・ボール〉ですよ」

仁木ははっと胸を突かれる思いだった。仁木がその言葉を口にしたとき、由理亜にはよく聞こえなかっただけで、彼女もまた、〈仲間〉であったのだ。

「三田村茉莉花さんって、ネズミがお嫌いなんですよね」

ケージに向かってかがみ込みながら、ふいに由理亜が言った。

「よく知っているね」

苦笑しつつ、仁木は答える。

「エッセイに書いてありました。だからこの子、連れて行けなかったの。ネズミとは違うけど、でも名前はハリネズミだし……」

そう言いながら由理亜は素手でハリネズミを抱き上げ、そっとひっくり返した。本当の飼い主ならではの、慣れた手つきだった。

「外敵が現れればトゲのボールになってしまって、人間の手でも絶対に開けられませんから」

砂色をした小動物の腹には、細いテープで留められた本物のダイヤモンドが、燦然と輝いていた。

後日、安梨沙は慰めるように言ってくれた。

「……所長が疑ったのも、無理もないと思うんですよ。由理亜さんはわざと障害のことを隠していて、だからコミュニケーションがうまくいかなかったんですもの」

「偏見抜きで、素の自分をまず見て欲しかったんだそうだ」

肩を落としながら、仁木は応えた。

「それだけじゃなくて」思いやりのある助手はさらに続けた。「由理亜さんのあの部屋。先にご本人のキャラクターを見ていると、あの人があある部屋に住んでいるというのは、なんだか不思議な気がしたわ」

「確かにね」仁木は小さく笑った。安梨沙はぼかしているが、由理亜の華やかな雰囲気に似合わぬ地味で質素な部屋だ、と言いたいのだろう。それは仁木自身も感じたことだった。「しかし彼女にはあれで、なかなかに堅実なところがあるんだよ」

地方から出てきた若い女性一人の稼ぎで、そうそう華やかな暮らしができるはずもない。初めて会った日に着ていたワンピースは、何と自作だった。

『買えば七、八万もする服を、お店でじっくり眺めてきて、自分で型紙を作るんです。十分の一以下でできますよ』

あっけらかんと、そんなことを言っていた。

『耳のことがあるから余計に、みすぼらしい格好だけはしたくないんです。可哀想な子だなんて思われたくないの。可愛い子だって思われていたいの』

そうも言って、由理亜は本当に可愛らしく微笑んでいた。

確かに、これでは航平などひとたまりもないだろう。

仁木の話に、安梨沙は感慨深げな顔をして言った。

「ねえ、所長。家って、その人の本当の姿を映す鏡みたいなものだと思いませんか?」

「そうだね」しみじみと、仁木は言った。「まったく君の言うとおりだよ」

7

その日の夜、仁木は出張から帰った航平を適当な居酒屋に呼び出した。田中明子についての問題を、どう解決するかについて話し合うためである。

だが、しばらく飲み食いしてから本題を切り出すと、航平はやけにあっさりと言った。

「それはもう大丈夫だよ、きっと」

「大丈夫って何が」

「さすがに俺も頭にきたからね、ちょっと脅してやったんだ。家宅侵入の証拠をばっちり摑んだから、今度は実家の住所を調べて連絡するぞってね。あんな女でも、親兄弟の前ではいい子ちゃんでいたいらしいよ。さっきあの喫茶店に電話したら、もうあの店を辞めていた。よっぽどびびったんだろ」

「しかし由理亜さんのためにもきちんとだな……」

「その由理亜が、もういいって言っているんだよ。彼女、並はずれて心がきれいで優しいんだ。マイペースで、ちょっと突拍子もないところがあるから誤解されやすいんだけどさ」

どさくさに紛れてのろけていやがる。仁木は内心で肩をすくめた。

実際のところは、二人とももう田中明子とかかわりになりたくないのだろう。明子の言い分や主張は、たとえ人工内耳が聞き取ったとしても、その意味を摑むことは不可能だったろうから。彼女にだけ通じる論理。彼女だけに都合の良い事実。健康な耳を持っているはずの彼女に、まともな言葉が通じない。

「……それじゃもうひとつ、言っておきたいことがある」

冷酒をすすりながら、仁木は言った。

「改まって、何だよ」

航平の方は馬鹿みたいにビールばかりを飲み続けている。

「おまえと俺は、どうやらコミュニケーションに欠けているということが、今回のことではっきりした。そもそもおまえが無精《ぶしょう》しないで、ちゃんと事の次第を俺に詳しく話していりゃ、あんなことにはならなかったんだ」

「そりゃ、さ。あの女があそこまで魔女みたいなやつだとは、思わなかったもの。俺もさ、甘いんだよね、親父に似て」

小憎らしいセリフではあったが、そうかもしれんなあとも思う。

「まあとにかくだ。美佐子と鞠子ほどとは言わんが、これからは俺たちもできるだけ近況報告しあうとしようじゃないか」

そう提案すると、航平は揚げ出し豆腐を箸で切り刻みながら言った。

「報告ってもさ、姉貴とお袋はしょっちゅう長電話してるみたいだけど、俺と親父で電話なんかしても、間が持たないんじゃない」

「まあそうかもしれんがね」仁木はくっと酒をあおって言った。「男ってのはさ、結婚したら家族を……家を守らなきゃならないって気負いがあるだろう？　我が家じゃないが、奥さんに何か特別な要因でもあれば、その気負いは何倍にもなる。いくら惚れた女房にでも、いや、惚れていれば余計に、みっともないところは見せられない、愚痴や弱音は吐けない、小さい人間だと思われたくないってな具合にね。そういうのが悪いとは言わないが、長く続けてれば疲れもする。だからときどきは、愚痴でも弱音でも、俺にぶちまけてみろって、そう言っているんだよ」

「親父……」航平は上げかけた箸を下ろして、父親の顔をつくづくと見やった。

「いつの間にか、老けたなあ……」

「おまえな」

むっとする仁木を遮り、航平は言った。

「冗談、冗談。何でも遠回しに婉曲に言おうとするのは、親父の悪い癖だよ。要するにさ、親父の言いたいのは、俺の奥さんになる人がハンディを背負っていることで、普通よりも気負わなきゃならないぶん、愚痴や弱音も吐きたくなるってことなんだろう?」生ビールを実に美味そうに飲み干してから、航平はにっと笑った。

「だけど俺、別にへーきだよ」

「平気?」

「だって俺、もう長いこと三田村茉莉花の息子ってのをやってるもん。有名人の妻を持った親父もそりゃ大変だったろうけどさ、有名人の母親を持つってのも、これでなかなか大変なんだぜ。中学の頃なんて理不尽なイジメにあったりしてさ。姉貴が剣道を始めたのだって、そもそもは俺や自分のことを守りたかったからなんだ。まああのヒトは何事も極端に走るから、強くなりすぎだよな。うっかり姉弟喧嘩もできないよ」

航平はカラカラと笑い、そして仁木は何も言うことができなかった。

「俺さァ、思うんだけど。まあ生まれたての赤んぼは別としてさ、家族って背負うもんでも気負うもんでもないんじゃないか？　ただ一緒にいたい人たち、離れてていちばん近い人たち……それでいいんじゃないの？」

「航平……」

「身内に有名人がいるからとかさ、障害者がいるからとかでさ、アホな陰口叩いたり逆にやたらと特別扱いしたがる連中なんて、どうせロクなもんじゃない。そんな奴らは心の中で軽蔑して、付き合わなきゃいいだけの話じゃん。親父は何事も難しく考えすぎるんだよ」

「……おまえが単純すぎるんだよ」

「かもね。よく言われるよ。ところでさ、腹減っちゃったよ。もっと料理頼もうよ。あとビールのお代わりも……」

壁の品書きに目を走らせる息子に、仁木は少し赤い目をして言った。

「由理亜さんと、いい〈家〉を造るんだぞ」

航平は苦笑して言った。

「気が早いなあ、マイホームなんて、もっとずっと先だよ……あ、すいませーん、こっち追加オーダーね」

陽気に叫ぶ航平を見ながら仁木は思った。父親に言われなくたってこいつなら、このうえなく上等な家を造るだろう。暖かくて丈夫でしなやかで、そして陽気な家を。

仁木にはそれが、よくわかっていた。

安梨沙が言っていたように、家とは家族を映し出す、この上なく正確な鏡なのだから。

次の日

矢崎存美

1

久々に帰ってきた。七年ぶりだろうか。

直之《なおゆき》は元我が家だった一軒家を見上げて、そう思う。

七年は長いようでもあり短くもあった。暗くつらい日々は長く感じたが、今こうしていると、あっという間にも思える。ここに住んでいる元妻・月子《つきこ》と娘はどう思っているだろうか。

玄関のチャイムの音は、変わっていなかった。ドアの向こうから「はーい」というかすかな声が近づき、簡単にドアは開く。その瞬間、娘・穂波《ほなみ》の顔は凍りついた。

「……久しぶり、穂波」

彼女が無言のままだったので、直之が声をかける。

「お父さん……」

声を震わせながらも、そう言ってくれる。が、すぐに顔をひきしめ、

「……何の用なの？」

と冷たい声で言った。ご挨拶《あいさつ》だな、と思ったが、口には出さなかった。

「どうしてるかと思って」

白々しく聞こえることは承知で、そう言う。

「今更？」

穂波はかすかに笑った。

「何年姿見せなかったと思うの？　七年だよ、七年」

その間にも何度か会おうとしたけれど、叶《かな》わなかった、とやはり思っただけで言わなかった。

「……それで、何の用なの？」

何も答えない直之に焦《じ》れたのか、穂波は再び同じ質問をした。

「上げてくれないのか？」

せめて中でゆっくり話したいと思ったが、

「どうして？」

一人娘はにべもなかった。おいおい。直之は笑いそうになる。

「久しぶりなんだから、いいだろう？」

「久しぶりだからこそ、このまま帰ってほしいよ」

その冷たい言葉に、直之の笑みは引っ込んだ。

「お母さんはどうしてる？」

「元気よ」

「お前は？」

「見たとおり」

元気そうに見える。

「大学はどうした？」

きっとにらまれた。

「とっくに社会人だよ！」

失敗した。一人娘の歳は、いつも間違える。一緒に暮らしていた時でさえ、そうだった。

「お母さんはうちにいるのか？」

「いいから、帰って！」

穂波の声が大きくなってきた。

「なあ、落ち着いて――」

「落ち着けってお父さんに言われたくない！　警察呼ばれたくなかったら、帰ってよ！」

　通行人が興味深げにこちらを見ていた。直之は腹立たしい思いを抱きながら、再び穂波に言う。

「わかった。言われたとおり帰るから。でも、お前たちに渡したいものがあるんだ。それを受け取ってくれたら、帰る」

「……わかった。それでほんとに帰るんだね？」

「ああ」

「じゃあ、受け取る」

「車に置いてあるんだ。今、とってくる」

　穂波はうなずくと、ドアを閉めた。もう二度と開かないかもしれない、と思ったが、路上駐車していた車の中から荷物を出して、再びチャイムを鳴らすと、ドアはあっけなく開いた。

「中に入れろ」

　穂波の額に散弾銃の狙いを定めて、直之は言った。

　穂波は悲鳴をあげようと口を開けたが、その前に直之はドアをピシャリと閉め、鍵をかけた。

「大声あげるな」

「……ど、どうしてそんなものを……」

「離婚してから免許とった。今住んでるとこは猿や熊が出るし、近所の者はたいてい持ってるんでな」

穂波はみるみる真っ青になった。

「本物だぞ」

彼女の気持ちを察して、言ってやる。土足で上がり込み、居間まで入り込んだ。

穂波は後ろ向きのまま歩く。

「じょ、冗談でしょ……？　そんなの、撃てないよね……」

「知ってるか？　銃所持って、使わないのも違反になるんだ。定期的に撃ってるからな。ちゃんと扱えるよ」

中学に上がった頃から口が達者になった穂波が絶句している。

「お母さんは？」

「で、出かけてる……」

「ほんとか？　二階にいるんじゃないだろうな？」

「いないよ！　ほんとに出かけてるの！」

「いつ帰ってくる？」

「あさって……」

「あさって？」

「お母さん、旅行に行ったの、今朝。二泊三日で温泉……」

「じゃあ、連絡して帰ってきてもらえ」

穂波は目を丸くした。

「何でよ⁉」

「話があるからうちに帰ってきたんじゃないか」

「さっき渡すもの渡したら、帰るって……」

「渡すもんなんかあるか」

「……ひどい！」

穂波は、突然きびすを返した。玄関に向かって走る。

「やめろ！」

カッとなった直之は、天井に向けて銃を撃った。穂波は足をもつれさせ、悲鳴をあげて廊下にうずくまる。ぶるぶると震えながら。

「本物なんだぞ。何させやがる」

いくら何でも、人に向けて撃ったことはないのだ。これで警察に連絡が行くかもしれない。ことが大きくなってしまう。今日は何のために来たんだっけか？

そうだ。元々は女房と復縁したかったんだった。なのに、なぜこんなことに？ 断られることだってもちろん考えていたのに、いないなんて。しかも娘にあんな態度を取られるとは思わなかった。家にも上げてくれないなんて。

こんなもの、持ち出すつもりもなかったのに。だったら、どうして持ってきた？

2

そのうちパトカーのサイレンが聞こえてくるものと思っていたが、周囲は静かなままだった。

もしかして、誰も警察に通報しなかったんだろうか。銃の音など聞き慣れていなければ、車のバックファイア音くらいにしか思わないかもしれない。

それとも、俺は銃を撃ったりしなかったのか？

しかし天井には弾痕が点々とついている。

「静かだな」

今、直之は居間のソファーに座っていた。靴は履いたまま。散弾銃は膝に置いていた。穂波は床の上に座り込んでいる。縛ったりはしていないが、彼女はさっきからずっと同じポーズで座っていた。固まっているように。

「穂波」

名前を呼ぶと、びくっと振り向く。そんな怯《おび》えたような目で見られることになるとは。冷たかったり、バカにしたような目つきでよく見られたものだが、こんな目は初めてだ。子供の頃はそうではなかったはず。だが昔、娘がどんな目をして自分を見ていたのか、思い出せなかった。

「な、何で……」

穂波がためらいがちに言う。

「今頃、突然戻ってきたの……？　い、今まで全然顔も見せなかったのに」

「さあな」

説明するのは難しい。

「今、何してるの？」

「何？」

「仕事」

「工場に勤めてたんだけど……先月そこが倒産して」

穂波は何も言わなかった。まずい話題を出したと思ったのだろう。とはいえ、この状況で無難な話題は提供できるわけがない。娘の思考が手に取るようにわかって、直之はちょっとおかしかった。

「お母さんは？」

「何？」

「お母さんの仕事は？」

「ああ、うん……。ずっとおんなじところに勤めてる。こないだ、課長になったの」

「そうか」

元の女房は出世をして、優雅に温泉旅行か。

「お前は？　もう勤めてるって言っただろ？」

「あ、うん……。保育士になったの」

何だか普通にしゃべれたので、ちょっと気分がよくなった。少しは穂波も態度を軟化させてくれるだろうか。

「そうか、じゃあ——」

その時、やわらぎかけた空気を切り裂くように、居間の電話が鳴った。ケータイではなく、家のだ。穂波のケータイは、電源を切って直之の服のポケットに入っている。

穂波はもじもじと電話と直之を見比べていた。また怯えたような目で見られた。

直之は舌打ちをする。

「出ろ」

そう言われて彼女はぎこちなく立ち上がり、受話器を取った。

「もしもし……」

穂波はしばらく無言だった。誰かがしゃべっているのはわかるが、男か女か、内容もわからない。何の用事だ？　早く切ればいいのに。

ところが、

「はい、わかりました」

そう言った穂波が、こちらに電話の子機を差し出す。

「お父さんに替わってって……」

「え？　誰だ？　もしかして警察？」

かすかにうなずく。直之はひったくるように子機を取った。少し手が震えていた。動悸も激しくなる。

「もしもし？」

「もしもし。わたしは春日《かすが》署の山崎《やまざき》と申します。旦那さんですね？　少しお話ししたいんですが……」

「話なんかない」

「そう言われてしまうとこっちも困るんですが……」

穏やかで冷静な声だった。何を言われても何でも信じてしまいそうな声。セールス向きかも。

「じゃあ、まずあなたを何と呼んだらいいですか？」

「そうやって俺の名前を聞き出そうとしてもダメだ。ていうか、もうわかってるはずだろ？　こうやって連絡してくるってことは、誰かが通報したはずだからな」

こっちだってバカじゃないのだ。ということは、サイレンを鳴らさないだけで、外にはパトカーがいるんだろう。刺激をしないように、ってか？

「わかりました。生稲《いくいな》さん」

相手の警官は素直に引き下がった。

「誰が通報したんだ」

「ご近所の方です。あなたが銃を持って家に入っていくのを見ていた方がいて、そのあとに銃声がしたと」

やっぱり持ってこなければよかったのかもしれない。

「娘さんはそこにいらっしゃいますよね」

「ああ、いるよ」

「怪我をされたりしていますか？」

直之はちらりと穂波を見る。怪我というより、具合が悪そうだった。顔色は青いというより白い。

「いや、してない」

「ご近所の人の話では、最近体調が悪いそうなのですが」

「え？　おい」

穂波は自分に話しかけられているとわからない。

「穂波！」

強く呼びかけて、ようやく顔を上げた。

「体調悪いのか？」

「えっ⁉　ううん、だ、大丈夫……」

警官にそう伝える。

「大丈夫だって言ってるぞ」

「……そうですか。今はまだ大丈夫なんですね？」

「ああ」

「わかりました。もし具合が悪くなってきたら――」

「そんなの、指図されるいわれはねえよ」

直之は電話を切った。穂波は白い顔のまま震えている。

「お前、持病でもあるのか？」

穂波は何か考え込んでいたようだったが、やがて答えた。

「違うよ……。妊娠してるだけ」

直之が絶句する番だ。

「……結婚したのか？」

「入籍だけ。生まれたら式挙げようって。今、つわりなの。それだけ」

妊娠した娘にどう接したらいいのか。月子の時はどうだっただろう。記憶はかなり遠かった。

「ねえ、どうするの？」

穂波の切羽詰《せっぱつ》まった声に我に返る。

「あたしは、ひ、人質ってことなんでしょう？」

直之の持つ散弾銃にちらりと視線をくれる。

「ああ、そうだな」

「こんなことして、どうするつもりなの？　それで何をしたいの？」

「俺は——うちに戻りたかっただけだ」

穂波の顔が、また白くなったように見えた。

「何でそんな……」

何か言葉を続けたかったようだが、構え直した散弾銃に息を呑む。

「自分の家に帰って、何が悪い」

「だって……だって」

穂波の言いたいことはわかる。ここは、正確には直之の家ではない。金を出したのは月子の親だ。でも、ここ以外を家と思ったことはなかった。勝手に家を出たのは自分の方なのに。

「お前、顔が白いぞ」

まさに蒼白だった。

「座ってろ」

「でも、でも……」

「座れって！」

散弾銃を少し動かすと、それだけで穂波はペタンと床に座り込んだ。

「ソファーに座れば？」

冷えたらいけないんじゃないのか？

「ううん、何だか身体低くしてたい……」

また電話が鳴った。直之は傍らに置いた子機を取る。

「何だ？」

「山崎です。すみません。穂波さんは大丈夫ですか？」

ちっと舌打ちをする。

「聞いたのか？」

「はい？」

「穂波の様子のこと」

「あ、はい……。聞かなくてもしゃべってくださる方がいて」

近所のおしゃべりがいるわけだな。

「奥さんにも連絡がつきました。大変心配しておられます。生稲さんのことも、穂波さんのことも」

嘘に決まってる。月子が心配しているのは、穂波のことだけだろう。

「穂波さんにもしものことがあっては大変ですので、お二人で外に出てらっしゃいませんか？」

まるで「遊びに来い」とでも言っているような口調だった。

「それはダメだ」

「どうしてでしょう？」

憎らしいほど落ち着いた男だ。

「ここに来た目的は、女房と話すことだ。このまま外に出たら、もう二度とあいつとはしゃべれなくなる。少なくとも俺が望んだ形では」

「じゃあ、電話で――」

「電話はダメだ。会って話したい」

電話番号も知らないけれど、こうなったら直接会って言ってやりたい。

「でも、奥さんは今、九州にいらっしゃるんです。家に着くまで何時間もかかりますよ」

「それまで待つだけだ。穂波も一緒に」

「でも、穂波さんは――」

山崎の言葉を最後まで聞かずに、電話を切る。

「お母さんにどんな話があるの？」

穂波が恐る恐る声をかける。

「よりを戻したいんだ」

そう言うと、彼女は目を丸くした。

「何言ってるの……？」

「さっきだって言っただろ？ 家に帰りたいって」

「家だけが欲しいと思ったんだよ。何なの？ 本気？」

「当たり前だろう？」

穂波はひゅうっと息を吸い込んだ。

「じゃあ、どうして今まで帰ってこなかったの⁉ その前も、さんざんお母さんに苦労かけて……お母さんとあたしが、どんな思いをしたと思ってんのよ⁉」

彼女の声はかすれていた。怒っているのに、顔は蒼白なままだ。息切れもしている。

「それは悪かったと思ってる」

直之は何の反論もできなかったが、

「それでも、よりを戻したいんだ」

「『悪かった』って……あれ、あれを『悪かった』のひとことで許せって言うの⁉　借金作って逃げて……何度もあたしたちを殴って……浮気だってしてたの、あ、あたし知ってるんだからね――！」

穂波はぶるぶる震えだした。

「おい、座れ」

「あんたの……あんたの指図なんて……！」

最後まで言い終えられないまま、彼女はソファーに倒れ込んだ。

「穂波、穂波」

「近寄らないでよ……」

力のない声だった。

また電話が鳴る。まるでタイミングを見計らったように。

「もしもし」

同じ声だ。山崎と名乗る警官。

「何だ？」

「穂波さんの様子はいかがですか？　ご主人も心配されています」

ご主人？

「そこにいるのか？」

「いえ、会社からこっちに向かっている最中です。一時間ほどで来られるそうです」

顔も知らない義理の息子などどうでもいいのだ。

「女房はいつになったら来るんだ？」

「今、空港に向かっている途中です」

「じゃあ、それまでこのままだ」

「でも、穂波さんは――」

「子供がいるんだろ？　わかってるよ」

「もしものことがあったら大変ですから――」

「そんなのはあんたに関係ない」

子機だとガチャンと乱暴に切れないのが残念だ。

「お父さん……」

穂波は泣いていた。

「お願い……お願い、一緒に外に出よう……」

「……」

「お腹の子に何かあったら、どうするの？」

子供のようにしゃくりあげて泣いていた。

「お母さんが来るまでダメだ」

「そんな……そんな、ひどいよ……」

小さい頃もこんなふうによく泣いていた。自分が泣かしていたことも多い。約束をやぶることなど、日常茶飯事だったからだ。

穂波は身体を震わせてむせび泣いていた。多分、情緒も不安定なのだろう。月子も妊娠中、同じようによく泣いていたと思うが、それは別の理由だろうか。

子機の履歴を見ると、見知らぬ携帯電話の番号が表示されている。というか、多分この電話の履歴の番号はすべて知らないものなのだろうが、これだけはどこの

――誰のだかわかる。あの、山崎という警官のものだ。

直之は、自分からその番号に電話をした。

「もしもし？」

「山崎か？」

「生稲さんですか？」

出たのはもちろん山崎だ。

「娘を外に出す」

「そうですか――」

素早く彼の話をさえぎる。

「ただし、娘と引き替えに別の人質を用意しろ」

背後で息を呑む声が聞こえた。

「……わかりました。用意します」

「男はダメだ。女にしろ」

「警官にはなりますが」

「華奢《きゃしゃ》な奴にしろ」

女でも腕っ節の強い奴はいる。

「男でも、小さいのはどうですか？」

「男はダメだと言っただろう」

「あなたよりも小さいですよ。絶対に」

絶対に、とかなり強調するのはなぜだろう。

「ていうか、女性よりも小さいです」

「子供か？」

「子供ではありません」

「……謎かけをして時間稼ぎをしようとしてるんじゃないだろうな」

「違います。本当に女性よりも小さいけど子供じゃない男です」

何を言っているのかわからない。煙《けむ》に巻こうとしているのではないか。

「ダメだ。女を寄こせ」

「じゃあ、これから外に女性警官ともう一人、その代わりの男を並べますから、どっちがいいか選んでください」

窓に近づく。念のため、穂波と一緒に。

カーテンのすきまから外をのぞくと、案の定、家の前にはおびただしいパトカーが群れていた。警官たちはその陰に座り込んでいるようだったが、その中から若い女性が一人、立った。作業服のようなものを着ているが、後ろを振り向いた時に警察であることを示すロゴが背中についているのが見えた。一般女性より訓練は受けているだろうが、小柄で華奢な女性だ。

そして彼女は、パトカーのボンネットに何かを置いた。

ぬいぐるみだ。薄ピンク色のぶたのぬいぐるみ。ビーズの点目と突き出た鼻。そっくり返った右耳。腰に手をあてて、偉そうに立っていた。踏んばる足元にしわが寄っている。

すると、そのぬいぐるみが突然動いた。手足の先についた濃いピンク色の布部分に貼りついたようにケータイが見える。

「わたしと彼女、栗原《くりはら》さん。どちらがいいですか？」

女性は「何もしてませんよ」と言うように、両手を上に上げていた。彼女が手を入れて動かしていない、と言いたいらしいが——これはいったい……？

「……何なの？」

泣くことも忘れて、穂波も外の不思議な光景を見つめている。

「……女だ」

何を攪乱《かくらん》しようとしているのか。

栗原という名らしい女性は、ぬいぐるみの首の後ろをつかんで持ち上げた。ぬいぐるみは足をじたばたさせる。

「でも、わたしだったらこんなふうに持ち上げられますよ」

わたし⁉　わたしだって⁉　この声は、さっきからずっと聞いている山崎という警官の声だ。おっさんの声ではないか。ただのおっさんだ。

「バカにするなよ……！」

思わず手の力が強くなり、穂波が悲鳴をあげた。

「バカになどしていませんよ」

厳しい声がした。

「穂波さんは大事な身体なんですから、優しくしてあげてください」

「黙れ、お前に指図は――」

「わたしと穂波さんを取り替えてくれたら、いくらでも文句は聞きます」

きっぱりと言うその声にカッとなり、ついこう返してしまったのだ。

「おう、じゃあ、聞いてもらおうじゃねえか。俺の文句をいやってほど」

売り言葉に買い言葉だった。

人質が他人だったら、反故《ほご》にしていただろう。が、穂波は娘で、しかも妊娠している。つい反論をしてしまったが、心配は心配だった。

しかも、交換の人質があのぬいぐるみ。悪夢を見ているとしか思えない……。

だいたい、今日は朝からおかしかった。今まで一度も気にしたことのなかったことが気になってたまらず、どうにかこの気持ちを抑えようとしている間に、ここまで来てしまった、と言ってもいい。自分の意志で散弾銃を持ってきたのか、それとも車に入れっぱなしにしていたのか――いや、持ってきたとは思う。ちゃんと保管する場所が、今朝出てきた家にはあるはずなんだから。

そして、この状況だ。月子が家にいれば、こんなことにはならなかったかもしれない。誰もいなかったらもっとよかった。多分、そのまま帰って、明日になるまで飲んだくれるかふて寝をするだけだった。そして、明日になれば忘れてしまっていたかもしれない。

3

　でも、たまたま穂波だけが家にいて、冷たく拒絶されたことに傷ついたし、月子と話したくても話せない。旅行へ行っているというのにも腹が立った。どうしても妻と話したくなった。でも、穂波は絶対に会わせてはくれないだろう。だから、持ってきた散弾銃を取りだした――。

　この家で暮らしていた時が、今までの人生の中で一番幸せだったように思う。それだけを思って、ここへ来ただけなのに。

　玄関のチャイムが鳴った。穂波の手をつかんだまま、ドアまで行くが、そのまま出ることはせず、電話をかけた。

　すぐに相手は出る。

「もしもし?」

「あんた、ぬいぐるみなんだよな?」

「そうです」

　常軌を逸した会話だ、と思う。

「ぬいぐるみが人質になれるのか?」

　穂波を渡した瞬間、どっと警官がなだれこんでくるということではないだろうか。

「わたしも一応警官ですんで」

「ぬいぐるみって死ぬの？」

「死にますよ」

何だかぞっとした。

「お父さん……」

穂波が不安そうにつぶやく。きっと何を言っているのかわかっていないだろう。

「あんたに、穂波と同等の価値があるっていうのか？」

「一応ぬいぐるみですが、生きてますからね。穂波さんの命と、変わらないと思っていますよ」

穂波を見ると、白い顔に汗が浮かんでいた。いくら何でも、孫を死なせたいとは思わない。銃を持っていれば、誰であっても手を出せないだろう。いたずらで所有しているわけではないのだ。ぬいぐるみであれば、なおさら何もできまい。

つまり、一人でたてこもるのと同じ状態になるということか？　月子が来るという保証もないまま。

直之は、ドアにチェーンをしたまま開けた。それに気づいたぬいぐるみが、近寄ってくる。手が届く範囲になった時、素早くそれの耳をつかんで、中に引き入れる。

「お父さん！」

穂波が悲鳴のような声をあげた。ドアがぴしゃりと閉められたのだ。穂波を外に出さないまま。

「生稲さん、穂波さんを外に出してください！」

しかし、ぬいぐるみは毅然《きぜん》とした声を出した。確かに電話で聞いていたのと同じ声だ。

「こいつ！」

本当はただのリモコンで動くおもちゃじゃないのか？　穂波を出したら、警官が突入するに違いない！

直之は、ぬいぐるみを踏みつけた。中にマイクやカメラが仕込んであると思ったからだ。だが、いくらぐいぐいと踏んでも、固いものが入っている気配がない。

「穂波」

びくっと身体を震わせて、穂波が顔を上げる。

「ぬいぐるみを調べろ」

「し、調べろって……」

「中に何か入ってないか」

「何でよ！」

「穂波さん、調べてください」

ぬいぐるみの声に、穂波はさらに怯えたような顔になったが、言うとおりに手に取り、揉みしだく。

「何もないよ。ただのぬいぐるみだよ」

「ただのぬいぐるみがしゃべったりするか！」

「でも、何も入ってないよ！」

半狂乱の穂波が手を離すと、ぬいぐるみは床にすっくと立ち、身体をパンパンと叩き始めた。それを父子二人で目を丸くしてながめる。

「穂波さん、大丈夫ですか？」

「穂波に近づくな！」

直之は散弾銃をぬいぐるみに向けた。

「落ち着いてください」

「これを落ち着けって⁉」

そんなの無理だろ⁉　混乱を招いているのはこいつではないのか⁉

「こ、これは何⁉」

穂波がぬいぐるみを指さして言う。するとそいつはくるりと振り返り、

「わたしは警官です。春日署の山崎ぶたぶたといいます」

堂々たる自己紹介に、二人とも言葉を失った。

「嘘でしょ……？」

穂波の身体がぶるぶると目に見えて震えだした。さすがに心配になる。

「お、おい、穂波……」

「冗談じゃないよ……」

「穂波さん」

「やだ、もうっ、近寄らな――！」

突然、穂波はうめき声をあげ、居間から走り出た。

「どうした⁉」

直之とぶたぶたがあとを追うと、ドアがバタンと閉まる音に続いて、盛大なえずきが聞こえてきた。

トイレのドアの前で、直之は呆然としていた。

「穂波、大丈夫か……？」

返事はなかった。大丈夫なはずはない。水が流れる音と嘔吐の気配だけが続く。ぶたぶたは直之の足元にいた。このすきに何かをしようとは考えていないらしい。

「ここから出てきたら、せめて寝かせてあげてください」

静かにそんなことを言う。

「外に出せとは言わないのか？」

「言い合いになって興奮しても、身体に障《さわ》りますしね」

何か言い返そうとしたが、何も浮かばなかった。

「穂波？」

かわりに穂波を呼ぶ。だが、返事がないのが心配だった。

「穂波？　どうした？」

ドアをドンドン叩いたが、それでも返事がない。すると突然、中からどさりと重い音がした。まさか、倒れた⁉

「穂波！」

トイレには鍵がかかっていたが、古いものなので、力まかせにひっぱったらすぐにはずれる。

だが、中には誰もいなかった。トイレの窓が開いている。

「助けて！」

穂波の声が外から聞こえた。直之はあわててトイレの窓を閉め、鍵をかけた。ぬいぐるみをつかんで、居間に戻る。

窓から外をのぞくと、捜査員に抱えられた穂波が、救急車へと運ばれていくところだった。あの小さな窓を通って、自力で逃げたのだ。

直之は、この家に一人で取り残された。いや、山崎ぶたぶたという名のぶたのぬいぐるみと一緒に。彼の思惑どおりに。

4

「もしもし」

「……月子か？」

電話口は沈黙した。

「今、どこにいる？」

「飛行機の中。そっちに行くまでまだ時間がかかるの」

話したくてここまで来たのに、いざ声を聞くと何も浮かんでこない。

「穂波はもう外に出てるんだ」

「聞いたわ。病院に運ばれたけど、何ともないって。今は、お巡りさんが代わりにいるんですって？」

あれがお巡りと言えるのなら。

「どうして今頃帰ってきたの？」

月子の声は穂波ととてもよく似ていたが、穂波より、そして記憶の中よりも優しく聞こえた。

「それは、会ってから話す」

「ねえ、もう出てきて。これ以上このままでいると、きっと罪が重くなるわ」

心配しているんだろうか。いや、そうじゃないだろう。

けれど、それはどうでもかまわなかった。どうせ自分が望んだことは叶わない、と思うからだ。

「それはお前と会ってから考える」

そう言って、電話を切った。

外は静かだ。

「警官が突入するかと思ったけど、そんなことしないんだな」

独り言のように言う。

「人質がいますからね」

「穂波と交換したら、絶対に警官が押し寄せてくると思ってたんだ」

こんなものが人質の代わりになるとは思わなかったが、何も起こらないということは、ちゃんとその役目は果たしているんだろう。

「文句を聞きますよ」

「え？」

「そういう約束をしましたからね」

「文句ね……」

文句なんて、あるようでないようなものだ。

「言ったって変わらないし」

「そんなことないですよ。言うとちょっとはすっきりします」

昔、月子と穂波に当たり散らしたことを思い出す。文句というかさんざ暴言を吐いたが、すっきりした気分になぞならなかった。殴ったりもしたからだろうか。

「俺はもう、何年もすっきりした気分なんか味わってないよ」

病気かな。

「若い頃からそうだったかもしれない」

違うかもしれないが。

「俺は、いつ満足したことがあったのか」

イライラする気持ちを、持て余すばかりだ。

「金もないし、一人だし」

いいことなんて一つもない。

「俺がいたことなんて、みんな忘れていくんだ」

自分から捨てたはずなのに、そっちからも拒否されて。

ポロポロととめどなく出ていく言葉は、ほとんど独り言と同じだった。ぶたぶたは相槌も打たない。ただ黙って聞いているだけだった。

俺は、ぬいぐるみにしか本音を言えないのか。まるで、独りぼっちの子供のようではないか。

しかしそれは、あながち間違ってもいない、と思わざるを得なかった。俺はそこから成長していない。

いつも腹を空かせている赤ん坊だ。

でも、それがわかったからって何だろう。もう遅い。もう、何もかも遅いのだと、手の中の散弾銃を見て思った。

月子が帰ってきた。ひどく疲れた顔が窓から見えた。

「お願いだから、外に出てきて」

さっきから電話で話している。

「家の中に入ってこい」

月子は返事をためらっていた。多分、警察の方から「承知するな」と言われているのだろう。

「穂波から聞いたわ。よりを戻したいんですって？」

「ああ」

「話ってそれなの？」

「それもあるけど、それだけじゃない」

だんだん言いたくなくなってきた。意地になっているだけだ。電話でもいいから言ってしまえ、という声と、誰にも悟られたくない、という気持ちがせめぎ合っている。

「よりを戻してもいいって言ったら、そこから出てくる？」

「……お前、そんな心にもないこと言うな」

しれっとよく言える、と思う。急激に腹が立った。

「なんて残酷な女だ」

「――そんなこと、あなたに言われたくない」

声の調子が変わる。

「あなたよりあたしの方が残酷だなんて、ありえない」

ああ、そうだろうよ。きっと誰もお前の方が残酷だなんて言わない。裁判になったって、そう思う人間はいないだろう。

「お前が本当に約束を守るのなら、出ていってもいい」

だから、その期待には答えるまでだ。

「よりを戻すっていうなら、出ていく。こっちには証人がいるぞ。警官だ。ここにいる山崎って奴に証人になってもらう」

違う違う。本当はこんなこと言うつもりじゃないのに。

だが、電話口の向こうで月子が絶句するのを感じ、ほくそ笑んだりもする。

「そんなの……そんなこと……」

「できない約束はするな」

それは何度となく月子に言われた言葉だった。初めて言ってやった！　暗い喜びを感じて、大声で笑い出したくなった。

笑うかわりに、窓を細く開け、そこから散弾銃で月子を狙った。

「お前を狙ってるから」

「えっ⁉」

「動くな。動くと撃つぞ」

外の連中は色めきだった。アメリカだったら、きっと狙撃されるだろう。しかし、日本はそんな手段はめったにとらない。というより、とれない。だいたい、こんなぬいぐるみが警官をやってるくらいだからな。

「よりを戻すか？　月子」

狙われている月子は呆然と立ちすくむ。よし。手も震えていない。狙いは確かだった。

「それを約束するなら、外に出てやってもいい」

「ダメです、生稲さん」

今まで黙っていたぶたぶたが声をあげた。

「そんな約束は無効です。証人がいたとしても、脅されての約束には効力がありません」

さっきまでのソフトな口調とは違った強い物言いに、うかつにも怯《ひる》んだが、振り向くことはしなかった。月子を狙ったまま、動かない。

「あなたが望んでいることは、そんなことじゃないんでしょう?」

いやな言い方をするぬいぐるみだ。

「月子さんに会って話すと言っていたことは、何なんですか?」

「黙れ……!」

銃口をぶたぶたに向けそうになったが、何とかこらえた。それが作戦だ。そっちに向けさせて撃たせる目的。でも、こんな至近距離で撃ったら、あのぬいぐるみはこっぱみじんになるだろう。

それが死ぬってことなんだろうか。

「月子、どうする⁉」

月子は泣いていたが、返事をしない。そんなにいやなのか。

「生稲さん。もうやめましょう」

再び静かな声で、ぶたぶたが言う。

「やめるって何を？」

「いわゆる〝無駄な抵抗〟って奴です」

「何言ってる？　こっちは銃があるんだぞ」

「それ、弾入ってませんよね」

ぶたぶたの言葉に、直之は凍りつく。

「そんなこと……」

「さっきのぞいたら、もう弾は入ってなかった」

「のぞいたら⁉　どこを⁉」

「銃口です。月子さんと電話でしゃべっている間、銃口下に向けて立ってましたよね？　その時、中をのぞきました。あなたは、弾を一発しか込めてなかったんです。でも、それは天井に向けて撃ってしまった」

点々と穴の開いた天井を、ぶたぶたは指さす。

「その銃身でわたしを殴っても吹っ飛びはしますが、もう撃つことはできない。あなたに武器はないんです。それに、あなたの目的は奥さんとよりを戻すことでもない」

ぶたぶたの言葉に、直之は振り向く。

「あなたは昨日、誕生日でしたよね？」

おかしなうめき声が聞こえたが、自分のものとは思えなかった。今日じゃない。今日じゃないのに——。

散弾銃を握る手に、力が入らなくなった。がつんと音を立てて、床に落ちる。ぶたぶたはどこにそんな力があるのか、銃を持ち上げ、えいやっと声をあげて窓から外に放った。

少しの間ののち、警官たちがわらわらと家の中に入ってきて、直之を拘束する。騒然とした雰囲気の中、どこか他人事《ひとごと》のようにそれを感じるしかなかった。

5

取り調べ室は、ちょっと狭い会議室のようなところだった。

最初に取り調べにやってきたのは、大柄な中年の刑事だったが、ほとんどしゃべらない直之にしびれを切らしたのか、やがてぶたぶたがやってきた。

「……何であんたが取り調べをしないんだ？」

「わたしは本当は窃盗《せっとう》が担当なので。でも、ああいうたてこもりとかの時には、呼ばれるんです」

「どうして?」

「説得をするだけの時もありますし、今日みたいに人質の代わりになったり、潜入したりするんですよ」

「……特殊任務?」

「他の人にはなかなかできないことかもしれませんね」

直之は、少し笑った。それから、しばらく無言の時間が過ぎたが、

「銃口をのぞくのは危ないから、絶対にやめろ」

これだけは言っておこう、と思ったのだ。

「そうですね。僕も、ああいう時でなければやりません」

「必要もなかったと思うけど。弾はどっちにしろ二発しか入らないんだし」

「入ってたら、どうにかして抜こうと思ってたんです。でも、もしかしたら、入ってないんじゃないかって思ったんで」

「どうして?」

「何だか扱いがぞんざいだったからです。地元のあなたの友人に電話で話を聞いたら、あなたはいつも、かなり慎重に散弾銃を扱ってるって聞いたんです。なのに、

あの家の中ではずっと引き金に指をかけてた。安全装置をかけていても、穂波さんを脅すためだとしても、弾が入っていたらそんなことをしないんじゃないかって思ったんです」

「そうか……」

この小さな目で、ちゃんと観察していたわけか。

「弾を一発だけ持っていたのも、ここで奥さんや娘さんを脅すためではないと思いました。――あなたは、自殺をするつもりだったんですね」

ぶたぶたの言葉に、直之はうなずいた。本当にそう決心していたわけではなかったが、いつもこの時期はそうだったのだ。

「毎年この時期にふさぎこむとその友人は言ってましたが、彼はあなたの誕生日を知らなかった。つきあいはひととおりあっても、それほど親しい人はいなかったんですね」

妻や娘に、祝ってほしかったわけではない。そんなのは毎年のことだから。でも今年は、働いていた工場もなくなり、同僚が何人もいなくなり、先の見通しも立たなくて――そう考えていたらいてもたってもいられなくなり、昔は確かに自分を祝ってくれた妻と娘に会いに来たのだ。

いつものように山の中で、一発だけ込めた銃を前にして、どうするか、と逡巡するだけにしておけばよかったのに。

月子に会っても、こんな話はできなかっただろう。ぶたぶたは的確に直之の心の内を言い当てていた。それを自分は言葉で表すすべがない。

だが、彼にいくつか言ってもらえたことで、今まですべてこぼれおちていたものを、ほんの少しつかめた気がしていた。

思ったよりも軽い刑ですんだ直之は、刑務所の中でたくさん手紙を書いた。出したのは、月子と穂波と、ぶたぶたにだけだったが。

手紙などほとんど出したこともないし、文章を書くこと自体苦手だ。本も読まないような人間なので最初は四苦八苦したが、最近は少しずつ、自分の考えていることを書けるようになってきた。難しいことや、奥深くにあるものはまだ文章にはできないが、手で文字を書くという行為が心を落ち着かせてくれる、というのを初めて知った。

ぶたぶたは、いつも丁寧に返事をくれる。月子は近頃、返事をくれるようになってきた。穂波からの音沙汰はない。赤ん坊が男か女かもわからない。月子の手紙から察するに、無事に生まれたようだけれど。多分、娘が許してくれることは一生ないだろう。

だが、返事があるから月子は許してくれる、とは思わない。そんなに甘いことは考えていないが、「手紙を寄こすな」と言われない限り、出していこう、と思っている。

微塵《みじん》に散ったものが元通りになることはもうないけれども、かけらを拾うくらいはできるのだ。時間がかかってもいいから、それらをできるだけたくさん拾おう。拾いたい。拾って、それを言葉にしたい。

今できることがあるだけ、いいじゃないか、と直之は思った。

君の歌

大崎 梢

式典にふさわしく予報通りの快晴だった。最後のホームルームが終わり、日直が「起立・礼」の掛け声をかけると、ありがとうございましたの声がそこかしこであがった。女の子たちのすすり泣きがあとを追いかけ、担任の先生も感極まった顔で何度もうなずいている。

黒板には「3Cばんざい」の文字が躍っていた。思い思いの寄せ書きやイラストが少しの余白もなくひしめいている。

芳樹《よしき》もはじっこに言葉を入れさせてもらった。チョーク片手にしばらく頭をひねり、結局書いたのは、「三年間ありがとう、みんな元気で」という、なんの面白味もないひとこと、いや、ふたことだ。気に留める者などいないだろう。誰の書き込みも消されていないだけ、じゅうぶん平和で友好的なクラスだったと思う。まさにありがとう、お元気で。深刻なもめ事も事件もなく、無事卒業できてほっとする。

そして周囲の空気を窺《うかが》いつつ、静かに鞄の取っ手を掴んだ。教室の中は別れの余《よ》韻《いん》に浸り、写真を撮ったり、抱き合って泣いたり、大声で笑ったりといつまでも盛り上がっている。喧噪《けんそう》から身を引くように、上着を抱えて廊下に出た。見まわせば、各クラスに数人ずつ、そっと抜け出してくる者がいる。つるむのが苦手な連中だ。知った顔と目が合うと、お互い会釈するようなしないような曖昧《あいまい》な仕草をする。そしてひっそり廊下の向こうに消えていく。

芳樹もそれにならい、歩き出したところでふと足が止まった。窓の外に、学校の敷地を取り囲む木々と、その先のコンクリートの建物やら家々の屋根が見えた。この眺めも見納めかと思うと甘酸っぱい感慨が広がった。みんなと一緒にわいわい騒ぐのは得意じゃなかったけれど、人間嫌いというほどの偏屈《へんくつ》でもないつもりだ。

体育祭では実行委員の手伝いに駆り出され、グラウンド整備に駆けずり回ったし、学園祭では風に飛ばされた看板を補修して、感謝される経験もした。まったく出番のなかった球技大会だって、味方が点を入れれば手を叩いて盛り上がった。みごとに的中したテストの山かけも、密かに憧れた先輩も、今日を限りにすべて想い出に変わると思うと感慨深い。

昇降口で、三年間、一度も洗わなかった上履きをビニール袋に入れる。くれぐれも帰り道で投げ捨てないようにとの担任教師の言葉を思い出し、鞄に押し込んだ。

県立S高校はJRと私鉄の駅の中間に位置し、私鉄の駅まではバスを使うがJRまでは徒歩圏だ。芳樹の自宅はJR沿線なので駅までの道をだらだら歩いていると、携帯にメッセージが入った。松永《まつなが》からだ。

いつの間にか先に帰ってしまった彼とは二日後に会う約束をしている。あとふたり加わり、ささやかながらも打ち上げの計画中だ。松永とふたりきりでも気分としては「会」だったが、四人も集まればかなり本格的だ。多少、性格に問題のあるメンツでもこのさい目をつぶらねばなるまい。

その件かと思ったが、送られてきたLINEにはB組の山下満里奈《やましたまりな》という女の子が式の間どうしていたかという、芳樹にとってはなんの興味も持てない内容が書かれていた。その話なら、明後日《あさって》も飽きるほど聞かされるに決まっている。気がつかなかったことにしよう。ポケットにしまいかけると、それを察知したように電話がかかってきた。

「なあ、LINE見た？　今、どこにいる？」

「どこでもいいだろ。なんだよ、先に帰っておいて」

「だっておまえ、今日はどこにも寄れないって言うから」

「ばあちゃんの快気祝いと、おれやイトコの卒業祝いをかねて、親戚が集まるんだよ。買い物、たのまれているし」

「アットホームだねえ。その前にちょっとだけ、付き合えない？」

「そのセリフ、山下に言うといいよ」

一方的にのぼせ上がっている松永は、遠巻きにもじもじするだけで何ひとつ行動に移せないまま卒業式を迎えてしまった。いてもたってもいられないのだろうが、男ふたりで顔を突き合わせていても埒《らち》が明かない。

「そういうのも含めて、いろいろ相談したいんだよ。友だちだろ、湯沢《ゆざわ》」

「今までさんざんしたじゃないか。あとはおまえしだいだって」

「えー、何それ。冷たいの」

拗《す》ねた声に聞こえないふりをして、「頑張れよ」と電話を切った。

山下はちょっとだけかわいらしい子で、本人にもその自覚があると見受けられる。つまり、かわいいだけの子じゃない。傷つきやすく小心者で、図体だけはでかい松永には端《はな》から望み薄だ。わざわざ当たって砕けずとも、清らかな想い出として心の中にしまっておけばいいのに、というのが本音ではある。

ふがいないのは自分も同じ。昨年の卒業式では、憧れ続けた先輩にとうとう言葉がかけられなかった。

小柄で細身で色白な芳樹は、子どもの頃からお雛様の雄雛《おびな》によく似ていると言われた。我ながらいかにもひ弱そうな外見は、今さらコンプレックスと言うのもおこがましい。そろそろ開き直りの境地に至っている。性格はそんなに弱くないつもりだが、恋愛となるとたんに腰が引けてしまう。経験不足を自覚するも、その経験ってどうやって積むのだろう。

まだまだだよなと内心つぶやいていると、再び携帯が振動した。松永のやつ、と思ったら、今度はイトコからだった。

私立高校に通っていて、むこうも今日が卒業式だ。転んで骨を折ったばあちゃんの快気祝いで合流する予定。自分と同じく言いつけられた買い物があり、電話に出るなりモッツァレラチーズのメーカーを聞かれた。そんなもの知るわけないだろ。今日の集まりの料理担当は芳樹の母親で、電話したけどちっとも繋がらないと訴えられる。松永といいイトコといい、やれやれだ。

繋がるまで何度でもかけ直せと言って切ると、背後に人の気配があった。

振り向いて目を瞠《みは》る。一瞬、今いるのがどこなのか、わからなくなった。灰色のブロック塀の続くだらだらした下り坂はいつもの通学路だが、そこにいるはずのない男がいた。

同じクラスの高崎《たかさき》だ。芳樹が教室を出るときには、にぎわいの輪の中にすっぽりおさまっていた。当然、今なおそこに留まっているべき——いなきゃおかしい男だ。なぜここに？

念のためすばやく左右を窺うと、まわりには誰もいない。

芳樹はあわてて自分のコートに手をやった。うっかり高崎のを着てきてしまったか。けれど、高崎は薄手のダウンジャケットをとても雰囲気よく羽織っている。では鞄だろうか。

いや、自分が手にしているのは、三年間使い倒したよれよれのスクールバッグだ。学業成就《じょうじゅ》のお守り袋がくくりつけられ、それをくれたばあちゃんには申し訳ないがかえってわびしく見える。高崎を見るとしゃれたスポーツバッグの他に、紙袋を三つもぶらさげていた。花束のセロファンやリボンのひらひらが、袋の入り口からはみ出している。みんな女の子からのプレゼント。同級生が、あるいは下級生が、涙ぐみながら差し出していたのを芳樹も知っている。今日、何度となく目にした光景だ。

彼はバスケ部の副キャプテンをつとめ、試合では鮮《あざ》やかなダンクシュートを豪快に決めるポイントゲッターだった。長身で、顔立ちもまあまあで、性格はいたってノーマルという、女子だけでなく男連中にも受けのいい人気者だ。とびきりのモテ男というほどではないが、校内の目立つ集団の中にいても浮かない程度には格好よく、芳樹からすれば縁のない人種と言っていい。

二年から同じクラスになったが、ほとんど口をきくこともなく、もちろん一緒に帰ったこともない。

「もしかして卒業証書？　まちがえちゃったかな」

首を捻《ひね》り、芳樹が鞄に手をやると、やけにきっぱりした声で言われた。

「ちがう。そんなんじゃないんだ」

「だったら……」

なんだろう。

「駅に行くんだろ？」

高崎はまるで先を促すかのように歩き出した。しばらく立ち尽くしたが、いつまでもじっとしてるのもまぬけなので、仕方なく後に続く。やがてガードレールのない坂道を、並んで歩くかっこうになった。電柱がじゃまするときだけ前後になり、つかず離れず、住宅街を抜けて横断歩道を渡る。話しかけられるままに、あたりさわりのない雑談を交わした。

卒業式での来賓《らいひん》スピーチや、体育の先生が着ていた紫色のスーツについて。スピーチの最中、校長が連発したくしゃみの回数や、送辞、答辞を読んだ生徒について。どうでもいい話に相槌《あいづち》を打ち、わざとらしく笑ったりしながら、芳樹の戸惑いは膨らんでいく。高崎の表情は穏やかで、声も明るい。なんの含みもなく、まるで帰り道が一緒になった友だち同士のようだ。

けれど今日は有志による3－C打ち上げ会が企画されている。ホームルームの終了後、私鉄駅近くにあるファミレスで昼飯をとり、雑居ビルに入っているカラオケに流れるという段取りは芳樹も知っていた。

仮にもクラスの打ち上げなので一応、芳樹も誘われた。というか、出欠表がまわってきたのだ。そのときすでに×や△が書き込まれていたので、心置きなく×を記入した。はっきり覚えているわけではないが、高崎はランチもカラオケも○だったはず。当然だろう。彼はこの打ち上げを仕切っている側の人間なのだから。さっきもカラオケで何を歌うか、女の子たちに尋ねられていた。あれがいいこれがいいという、華やかな嬌声《きょうせい》は耳の中にまだ残っている。

今向かっているJR駅は打ち上げとはまったくの反対方向で、探されているのだろうか、彼の上着からたびたび携帯の振動音が聞こえる。気づいてないわけはないのに、無視し続けている。たまりかねて芳樹の方から「電話じゃないの?」と指さすと、高崎は携帯を取り出しディスプレイに目をやった。そのまま電源を切ったらしく、提げていた紙袋のひとつに滑りこませる。

「待てよ。いいの？　出なくて」

「ああ。大丈夫」

「でも」

「上村《うえむら》には言っといたから」

打ち上げ会を仕切っている中心人物だ。軽く言われ、思わずうなずきかけたが、ちょっと待て。今日のは単なる昼飯の約束ではない。最後のクラスイベント、制服を着て集まる最後の機会なのだ。早々にパスした自分が訝《いぶか》しむのはおかしなものだが、なぜ行かないのだろう。どうして今までろくに話したこともない相手を追ってきたのだろう。

徐々に戸惑いが苛立《いらだ》ちへと変わる。不審に思う気持ちを隠さず顔に出した。細《ほそ》面《おもて》の雄雛顔でも、ムッとした表情くらいは作れるのだ。高崎も少しは察したのか、それきり口をつぐんだ。黙り込んで足だけ動かしていると、間もなくＪＲの駅舎が見えてきた。手前に大きなバスターミナルがあり、かぶさる形で幅広の陸橋がかかっている。

高崎はひょろりと延びた階段の前で立ち止まり、「こっち？」という仕草で振り返った。改札口は二階部分にある。芳樹の進路としてはそちらだ。ふたりして上がっていくが、高崎は踊り場できょろきょろしている。通い慣れたルートではないのだ。彼の家はおそらく私鉄沿線。でなければバス通学。いずれにせよ、自宅とも打ち上げ会場とも離れた方角に、なんの用事があるのやら。

階段を上りきると視界が開けて、とたんに体が軽くなった。見慣れた景色が今日ばかりはありがたい。高崎もどうやら大きく息をついたらしい。肩が波打つように動いた。

陸橋は真ん中に広場が設けられ、金属製のモニュメントを中心に花壇やベンチが置かれている。朝晩は通勤通学客でごった返すここも平日の昼時とあって、行き交う人の流れはゆるやかだ。杖をついたお年寄りもいればベビーカーを押す人もいて、ベンチはちらほら埋《う》まっていた。

「どういうつもりだよ」

芳樹はぶっきらぼうに言った。

「悪かったな、いきなり追いかけてきて」

「だから、そういうんじゃなくて」

「湯沢と話がしたかった」

「は?」

露骨に眉をひそめると、高崎は視線をそらし側壁に歩み寄った。胸の高さまでの白い壁だ。上部に金属製の手すりがついている。

「去年の十二月、防犯のプリントを手伝わされたことがあっただろ。覚えてる?」

「ああ、教室でやったやつ?」

学年主任の強引な指示でもって、プリントのホチキス留めや仕分けをやらされた。放課後、一時間くらいかかっただろうか。そういえば、高崎とまともに言葉を交わした数少ない機会だった。

「あのとき、西中《にしちゅう》の話が出たじゃないか」

出た。高崎の出身中学校だ。

「学校にパトカーが来たって話だよな」

芳樹と高崎の他、手伝わされるはめになったのは大久保《おおくぼ》、水野《みずの》といった男ばかり四人。嫌々やっていたのでどうしても無駄話が多くなった。プリントの内容がひったくりや自転車事故に関することだったので、それがきっかけになったのだと思う。刑事ドラマの話から、自分たちの学校で起きた事件へと話題が転がり、西中の話になった。高崎ともうひとり、大久保も西中の出身だった。

「ちょうど三年前だよ。おれたちが中三だったときの二月」

「パトカーだけじゃなく、救急車も来たんだっけ」

「初めは救急車だ。女の子が襲われて怪我をしたから。その子は病院に運ばれた」

高崎の隣に並び、芳樹も壁にもたれかかった。バスターミナルから出て行くバスの後ろ姿を見送る。

「あのときも思ったけど、学校内は大騒ぎだっただろうな」

「犯人は未だにわからずじまいだ。湯沢は学校がちがうから、ほとんど知らなかったんだよな？」

「あのときまでは、ね。おれは泉中《いずみちゅう》で、校区も離れていたから」

けれど、刑事ドラマも名探偵が活躍するミステリーも大好物という大久保が、微《び》に入り細を穿《うが》って語ってくれたため、そうとう詳しいところまで知ることとなった。

＊

西中はY市の南にある公立中学校で、一学年5クラスの中規模校だ。住宅街から少し外れた丘の上に建っている。事件は二月初めの放課後、美術準備室で起きた。三年生の女生徒が友だちからの伝言メモを見て、美術室のとなりにある小さな部屋に入った。そのとたん、何者かに襲われて気を失った。

悲鳴と物音を聞きつけた人によって、ただちに119番に通報。発見が早かったのが幸いして女の子は軽傷ですんだ。けれども受けたショックは大きく、卒業までほとんど登校しなかったという。

「被害者は佐藤《さとう》しおりだっけな、やよいだっけな、そんな名前だった」

大久保は得意気に話し始めた。

「ピアノが上手くて私立の女子高に推薦が決まっていたみたいだ。それ以外は、なんてことのないフツーの生徒。おれは一度も同じクラスになってないせいか、名前を聞いても『誰それ』って感じだった。まあ、佐藤って苗字は多いもんな。よけいにピンとこなくて。中には、よく笑う元気のいい女の子だと言ってたやつもいたっけ。でも、学年中に知れ渡るほどの有名人ではなかったわけだな」

芳樹は「ふーん」と相槌のような声を出し、その先を促すように問いかけた。

「なんでその子が被害に？」

「そこが問題だよ。本人にも心当たりがなかったらしい」

「でも呼び出されて、襲われたんだろ」

大久保はもっともらしく真面目くさった顔でうなずいた。

「その子の受け取った伝言メモには、『相談したいことがあるから放課後、美術準備室に来て』と書かれてた。差出人として同じクラスの女の子の名前があった。紙も、ふつうの白い紙じゃないよ。いかにも女の子っぽい、かわいいメモ用紙が使われていた。だから被害者の子はすっかり信じ込んじゃったんだよ」

「偽物だったのか」

「そっ！　メモに名前のあったのは新山有佳《にいやまゆか》って子で、テニス部の女子とすごく仲が良かった。ああ、おれ、これでも中学のときはテニス部にいたんだよ。事件のあと、新山がわざわざコートまでやってきて、わたし書いてない、わたしのメモじゃないと大泣きするから、おれたち男子部員もびっくりだ。先生立ち会いのもととは言え、警察から事情聴取されたらしい。そりゃパニクるよな。筆跡《ひっせき》ごとまねされたんだって」

「パソコンか何かの、印字じゃなかったってことか」

「手書きだよ。やたら丸まっちい、ころころした字がかなり似てたみたいだ。だから被害者も騙《だま》されたんだな」

芳樹は眉根《まゆね》を寄せた。

「そりゃなんていうか、ずいぶん手が込んでいるな。逆にそこまでしなきゃ、被害者の子だって放課後ひとりで美術準備室なんか行かないか。たぶんそこ、人気《ひとけ》があんまりないんだろ」

「湯沢！」

にわかに腰を浮かし、大久保は手を差し出した。なぜか腕を摑まれ揺さぶられてしまう。

「おまえ、気の利くことを言うじゃないか。その通りだよ。西中は三階建ての校舎が二棟、平行して建ってるんだけど、美術室は図書室や理科室のさらに奥で、用事があるやつ以外は行かない場所だ」

そういうところを選んでおびき寄せたなら、用意周到だしタチが悪い。突発的な出来事ではないだろう。となると、犯人にはそれなりの動機があったはず。被害者にはほんとうに心当たりがなかったのか。

芳樹がそんなことを思いつくまま口にすると、大久保はいよいよ目を輝かせた。

「もしかして刑事ドラマファンだった？　なら早く言えよ」

「ちょっと考えれば誰でも気づくだろ」

「実はな、狙われていたのは別の子だったらしい」

意味を理解するのに数秒かかった。

「つまり、その、人ちがい？」

「ああ。被害者の友だちに三津田玲花《みつだれいか》っていうかなりの美人がいて、男子に抜群の人気があった。なんでも事件の当日、被害者の子と三津田玲花は、机の脇にかけてあったバッグをまちがって逆にしていた。たまたま前後の席で、移動教室で持ち出したあと、お互いにかけちがえたみたいだ。帰る前に気づいて交換した」

「呼び出しのメモはそこに入っていたのか」

「まさしく」

宛名のないメッセージをみつけ、被害者の子も、ひょっとして自分宛ではないかもしれないと思ったようだ。けれど美人のクラスメイトをみつけられず、仕方なく美術準備室に出向いたという。メモ用紙が偽物だなんて発想すらなく、待ちぼうけさせては可哀想だと考えたらしい。その親切心が仇《あだ》となったわけだ。

「あのときは三津田もパニクってたなあ。自分の身代わりに、友だちが怪我したんだもんなあ」

「美人だったら、偽のメッセージに呼び出され、襲われる心当たりがあるわけ？」

芳樹が尋ねると、これまたしたり顔で大久保はうなずいた。そして傍《かたわ》らの、聞き役にまわっていた高崎に話を振った。

「あるよ、ある。大ありだよな。おまえも知ってるだろ」

高崎は口元に曖昧な笑みを浮かべ、困り顔という雰囲気だ。

「どういうこと？」

続きをしゃべってくれるのかと思い高崎に問いかけたが、芳樹をちらりと見たきり黙り込む。話したくないのだろうか。面倒くさいのだろうか。返事くらいしろと言ってやりたいが、これまで高崎とは会話らしい会話をしたことがない。真意を測りかね、口の利き方ひとつ思いあぐねていると、高崎は言葉を選ぶようにして口を開いた。

「どこの学校にもいるだろうけど、西中にも相当なワルがいたんだ。その中のひとりが三津田にこっぴどく振られた。勝ち気な女の子だったから手加減なしにばっさりだ。で、ワルたちは逆恨《さかうら》みをしていた」

「それが呼び出して、襲う動機になる？」

「たぶん。じっさいそいつらは現場にいて、悲鳴を聞いて駆けつけた先生や生徒を見るなり、大慌てで逃げ出した」

「だったら、もう犯人じゃないか！」

つい大きな声が出てしまった。高崎に加え大久保も「まあまあ」と手を動かした。

「そう簡単にいけば警察はいらないって」

三年前まで西中にいた「筋金入りのワル」は強面《こわもて》でガタイのいいのと、いつも薄ら笑いを浮かべている陰気男と、すぐ切れる刃物タイプの三人組。ずいぶんと扱いにくいのがつるんでいたらしい。

彼らが現場から逃げ出したところは複数の目撃者がいたので、駆けつけた警察にもそのことが告げられた。学校内の出来事とはいえ、れっきとした傷害事件だったために警察にも通報されたのだ。

そして数時間後、三人は根城《ねじろ》にしていた廃ビルの中で捜査官に発見され、そのさい抵抗したことから公務執行妨害として補導され、個別に取り調べを受けた。三人は三人とも「はめられた」と騒ぎ、自分たちじゃないと訴えた。

なんでも事件前日に、三人のうちひとりが携帯を紛失し、探していたところ、くだんの携帯から別のひとりにメールの着信があった。見れば、「美術準備室」というひと言のみ。なんだろうと思い急ぎ向かうと、三階の廊下を歩いているときに悲鳴やら物音が聞こえたという。とっさに駆け寄り準備室のドアを開けると、女生徒がうつぶせで倒れていた。なくなった携帯も、その傍らに落ちていた。

現場から逃げ出した理由は、自分たちが真っ先に疑われると思ったからだそうだ。

「中にいたのは女の子ひとりだけ？」

「そいつらの証言によればね」

「でも、何者かに襲われていたんだろ。三人組は廊下で物音を聞いた。ということはそのとき襲った人間は中にいたんじゃないか？」

準備室には二カ所の出入り口があり、ひとつは廊下、ひとつは授業に使われる美術室へと通じている。連中が入ったのは廊下からで、鍵はかかっていなかったという。美術室へのドアにもまた鍵がかかっていなかった。つまり、連中以外に犯人がいた場合、となりの美術室に逃げ込むことはできたのだ。

「でもそこからは？　誰にもみつからず、逃げ出すルートはあったのか？」

芳樹の言葉に、大久保はおもむろに自分のノートを取り出した。下手くそな絵で見取り図を描き始める。廊下がまっすぐ延び、片側は壁や窓。反対側に教室が並んでいる。一番奥が美術室で、ひとつ手前の小部屋が準備室。廊下に三つの人形《ひとがた》を描き入れた。

「連中が逃げ出したときには、先生や生徒がばらばら集まってきてた。真犯人が別にいて、美術室に隠れたとしても袋のネズミだ。たちどころに見つかってしまう。じっさいすぐ調べられた」

「でも誰もいなかったんだろ？」

「うん。たとえばだけど、犯人は一旦美術室に逃げ込み、様子を見ながらこっそり廊下に出たとする。集まってきた人たちの間に、紛れることはできるかもしれない。だけどその場合、問題がある。美術室から廊下に出るドアが閉まってたそうだ。しっかり鍵がかかっていたんだよ。内側からロックできるタイプじゃない。廊下側からドアの前に立ち、鍵穴にキーを差し込んで回さなきゃいけない。犯人がこれをするのはかなり危険だろ？」

たしかに廊下に立って鍵をかけていたら、人目につきやすい。誰かに気づかれれば言い逃れはむずかしいだろう。偽のメモや、招き寄せる場所など、用意周到な犯人にしてはずさんな脱出方法だ。

「そのキーの扱いって、どうなってた？」

「理科室や音楽室同様、まとめて職員室で保管していた。部活で生徒が使う場合は居合わせた先生に声をかけ、ノートに名前を書いて持ち出すんだ。事件のあった日は美術部の活動が休みだったのに、ペアでくくられていた美術室と準備室の鍵、どちらもなくなってたそうだ。ノートの記載はなし」

「先生の目を盗み、犯人が持ち出したのか」

「だろうね。ちなみに呼び出すために名前を使われた子、テニスコートで大泣きした新山有佳は美術部だ」

襲われた子は、当然そのことを知っていたので、伝言メモで準備室を指定されても疑わなかった。いよいよ練りに練った計画だろう。アジトに逃げ込んですぐ捕まるような連中には、不似合いの犯行かもしれない。

芳樹は大久保の描いた見取り図を真剣にのぞきこんだ。

「一番奥の教室に、唯一通じているのがまっすぐ延びた廊下か。階段やトイレも近くにない。そして廊下には悲鳴を聞いて駆けつけてきた人たちがいた。ふつうに考えれば袋のネズミだな。準備室にいたのは倒れた女の子だけ。三人組の証言がほんとうなら、犯人はどこに行ったんだろう。床に潜ったのか、天井に登ったのか」

「それはない。床も天井も壁もあやしいところはなし。隠れられるような場所や置物もなかった」

「そうだ、窓は？　教室には窓があるだろ？　ここって何階だっけ」

「湯沢、よく気がついた」

大久保は大喜びで片手を差し出した。握手を求めてくるが、即刻はたいてやった。つくづく大げさなやつだ。

「窓はたしかにある。でも美術室があるのは三階だ。飛び降りることはできない。ただし、この廊下の突き当たりには非常口があってね、外階段に出られるんだ」

「ずるい。それって反則だろ。早く言えよ」

「いやいや、よく聞け。あっても使えない。外階段は老朽化《ろうきゅうか》が激しく、何年も前から使用禁止だ。廊下からは出られない。非常口の鍵も開けられた形跡はなかった。ただし」

「ただし、多すぎ」

「しょうがないだろ、これでも順を追ってしゃべっているんだ。美術室の西側の窓から身を乗り出し、危険を承知でがんばれば、外階段に飛び移ることができるかもしれない。そういう角度と近さに階段はあるんだ」

「もしかして、それが唯一の脱出ルート？」

おもむろに腕組みした大久保が首を縦に振った。

「窓は開いていたのか」

「ビンゴだ、湯沢。もうひとつ、外階段には確固たる証拠が残っていた。美術室のキーが落ちていたんだよ」

「なるほど。じゃあ、女の子を襲った犯人は、駆けつける人たちに気づいて準備室から隣の美術室に逃げ込んだ。そして西の窓から外階段に飛び移り、逃走した。だから窓は開けっ放し。そういう推論のひとつができあがるわけだ」

「そう。あくまでもひとつ」

ワルの三人組が目くらましのために西の窓から鍵を投げ捨てた、とも考えられる。この場合、時間がネックかもしれない。襲って、となりの部屋から鍵を投げ、準備室に舞い戻って、三人一緒に逃走する時間だ。

一方、被害者の女の子からは、回復を待って警察も状況を聞いたそうだが、ほとんど収穫はなかったという。メモに従って美術準備室に出向いたものの、ノックをしても返事がない。ノブを回すと鍵はかかっていなかった。恐る恐る中に入ると電気はついておらず人の気配もない。小部屋の中央まで進み、ひょっとして美術室の方かと、足を向けたところ背後から襲われた。

飛びかかってきたというより、大きなビニールシートを頭からかぶせられたそうだ。木工や彫刻をするときに使う青い敷物で、準備室にしまわれていた。犯人はシート越しに女の子を羽交《はが》い締めにし、女の子は必死に抵抗した。なんとか逃れようと無我夢中で暴れたのだ。狭い部屋だったので机にぶつかり、棚の物が落ち、悲鳴を上げて助けを呼び、ほんの少し相手の力がゆるんだところでシートを払いのけた。けれどその直後、頭に衝撃を受けて倒れた。

凶器は布につつまれたワインボトルだった。静物画を描くときに使う空き瓶だそうで、蔓《つる》で編んだ籠《かご》やドライフラワー、麦わら帽子と一緒に保管されていた。凶行に使用されても、割れることなく女の子のそばに転がっていた。手袋をしていたのか、ぬぐい去ったのか、犯人のものらしき指紋は採取されなかった。

「襲った相手が、男か女かもわからないみたいだ」

「ひと言も発しなかったのか」

「うん。もみ合ったといってもシート越しだしな。女の子にとってはジタバタするのがやっとだろ。相手の背丈や体つきにかまってる余裕はないよ」

結局、被害者の証言からは、めぼしい手がかりは得られなかった。

「でもその女の子は、犯人のめあてとはちがう子だったんだろ？　三津田さんだっけ、メッセージは別人宛だった可能性が高い。だとしたら、犯人も襲うのをやめとけばよかったのにな。いや、三津田さんだって襲っていいわけじゃないよ、もちろん」

「ふつうならそうだろうけど、ワル三人組だったら誰でもいいやと襲いかねない、みんなはそう思った。とにかくいい加減で、凶暴なやつらなんだから。でも連中は連中で『はめられた』の一点張りだ。それはそれで根拠がないわけじゃない」

大久保が言うには、彼らにひどい目に遭わされていた人間はひとりふたりではすまず、仕返しをもくろんだのがいてもおかしくないそうだ。

「彼らに罪を着せるために、用意周到に準備して、関係ない女の子を襲ったのか」

「ひどいやり口だけど、辻褄《つじつま》は合うんだよ。前日に携帯を盗み、犯行直前にメールしておびき寄せる。連中はまんまと罠にはまった」

現場に携帯を残し、自分は美術室に逃げて窓から外階段に飛び移る。行動として、できない話ではない。

「どんな恨みだか知らないけど、仕返しならもっとちがうことしろよ。軽傷だったのは結果論だろ。打ち所が悪かったら死んでたかもしれない。ワインボトルで殴りつけるなんて、どうかしている」

「まああ、こんなところでカッカするな。ちょっとしたもめ事というレベルではないから、警察も捜査に乗り出したし、三人組は自分たちの無実を訴え大騒ぎだ。真犯人を暴《あば》いてやると、本気で息巻いていたよ。それが公立入試の直前。あの年の西中はほんとうに大変だったんだから」

ため息まじりにしみじみ言われ、芳樹としてもこみ上げた義憤《ぎふん》の持っていきどころに困る。よその中学で、それも三年近く前に起きた出来事なのだ。今話に出ていた生徒はみんな卒業し、それぞれの高校に散った。順調に進級していれば、その高校生活もあと数カ月だ。

十二月の弱々しい西陽《にしび》を受けた教室で、たまたま居残り作業をさせられた男子四人、仕分けし終えたプリントを前に過去の話で熱くなったものの、落としどころがみつからない。取ってつけたような静寂が訪れた。

高崎が自分の鞄をたぐり寄せ、中から飲みかけのスポーツドリンクを取りだした。キャップを外し、無造作に呷《あお》る。それまでずっと黙っていた水野が「いいな」とつぶやいた。「飲む？」と目配せされて首を横に振る。

大久保はもともとノリのいいムードメーカーだが、水野は度の強い眼鏡をかけた物静かな男だ。早々と学校推薦で公立大学に受かり、雑用をさせられることが増えている。神経質そうな顔立ちで取っつきにくいが、頼まれれば嫌がらずに引き受け、きちんとこなしているようだ。先生からもすっかり重宝がられている。

水野と高崎のやりとりを眺めながら、芳樹も椅子の背もたれに体を押しつけ伸びをした。ついでに肩や首をまわす。自分も喉を潤したいと思ったが、

「なあ、大久保」

それは言わずに話を戻した。

「三人組以外に、犯人として疑われた人物はいたのか？」

「ああ、まあそりゃ。いたような、いないような」

「なんだよ急に、歯切れが悪いな」

「だって、警察と三人組がどっちも真剣に犯人捜しを始めたんだよ、校内で。空気の悪いこと悪いこと。みんなぴりぴりしていた。あやしまれた人はただそれだけで気の毒というか、災難というか。警察に話を聞かれたのは卒業生や下級生の他、先生までいる」

「先生？」

「過去のセクハラ疑惑をネタに、三人組にゆすられていたらしいよ。先生本人によると、まったくの潔白で身に覚えのないことだから毅然《きぜん》とはね除《の》けていたらしい」

そう言いながら大久保の口ぶりはどこか疑わしげだ。疑惑が持ち上がると真相はどうあれ、まわりはついつい灰色扱いしてしまう。当事者には大きなダメージだっただろう。

三人組のやり口は容易にうかがい知れる。弱味を握ったら最後、執拗《しつよう》にまとわりつき、恐喝《きょうかつ》まがいのことをしていたのだろう。

「実はさ」

「ん？」

「その中のひとりというのが……、えっと、その、今だからいいかな。思い切って、聞いちゃうけど。警察の事情聴取を受けたという噂があって」

大久保はにわかに身じろぎし、そこまで言って口ごもる。視線だけちらちら動かした。

その先にいるのは高崎だ。彼は唇をきゅっと結んでいる。

「えーっと」

「いいよ、大久保」

「ごめん。言いたくないんだったら――」

「あやまるなって。よけいにへんじゃないか。あのとき、そうだよ、おれのところにも警察が現れた。三人組も来たよ。あいつらに脅されていたから」

彼の硬い表情を、芳樹はぽかんと眺めた。話が飲み込めない。誰のことを言っているんだろう。

自分ならば、あるいは自分のまわりの知り合いならば、もっと言ってしまえば大久保や水野であるなら、想像できなくもない。ちょっとした巡り合わせで不運を引き寄せてしまう危険が、いかにもありそうだ。でも高崎に限ってはまったくイメージできない。握られるような弱味など見あたらないのだ。

想像が追いつかないでいるうちに、彼は続けた。

「中二のときにふざけてタバコを吸ったんだよ。それを写真に撮られて脅された」

「なんだ、タバコかよ」

大久保はむしろ朗《ほが》らかに言った。

「それくらい、誰でもやるじゃないか」

「写真を撮られたのはきつかった。相手が相手だし。今だったら笑い飛ばせるよ、おれだって。でもあのときはまだ中二で、身長も今ほどなかった。百五十ちょっとだったかな。痩せてよく病気して、バスケ部にはいたけど試合なんてぜんぜん出してもらえなかった。勉強もできた方じゃないし、相談できるような友だちもいなかった」

「そうだっけ……。たしかに中学の頃のおまえって、あんまり覚えてないかも」

「大久保の方がよっぽど目立ってたよ。体育祭でも修学旅行でも楽しそうにしてたじゃないか。おれの身長が伸び始めたのは、三年の夏を過ぎた頃からで、体もそれにつれて丈夫になった」

再びきょとんとする。芳樹にとって高崎は、高校入学以来ずっと人目を引く存在なのだ。

「だから、あの頃は三人組にびびってた。かっこ悪い話だけど」

「いやいや、高崎だけじゃない。みんな恐がっていたさ。なるべく関わらないよう、逃げることばっかり考えてたよ」

「あいつらしつこいからな。ねちねち絡まれ、ゲームソフトや漫画を取り上げられたこともある。金の要求だけはのらりくらりとはぐらかしていたけど、事件のあった時期もまとわりつかれていて、うんざりしてたんだ。それで連中、すぐにすっ飛んできた」

「おまえの仕業だと疑って？」

高崎は長い足で床を蹴った。よっぽどいやな想い出なのだろう。

「美術室の窓から外階段まで、おまえなら飛び移れるだろうってさ」

「あ、そうか。運動神経がなきゃできないことだな。おれみたいな体格だと最初から無理」

大久保は出っ張った腹をさすって叩いた。

「運動神経があったって命がけだよ。事件のあと、美術室まで行って西の窓から外を見てみた。もしもあそこからほんとうに脱出するとしたら、腰高の窓をまたいで近くの樋《とい》を掴み、スパイダーマンみたいに壁に張り付き、ちょっとした出っ張りを足がかりにして、そろそろと横に移動しなきゃならない。最後の一メートルくらいは思い切ってジャンプだ。そうすりゃなんとか階段に届くかもしれないけど、少しでもバランスを崩せば真下に落ちる。あそこの下、知ってるか？　地面がコンクリートで覆われている。三階の高さから落ちたらただじゃすまない」

「それをやつらに言ったのか？」

「言ったけど、納得はしてなかったな。でもおれには一応、アリバイがあったから、それ以上は絡まれなかった」

「アリバイ？」

芳樹も大久保も水野も声をそろえて聞き返した。

「女の子が襲われた時間には体育館にいて、下級生の練習に付き合っていたんだ。

県立高校に推薦枠で受かっていたから、その頃もうヒマだったんで」

「二月の初めといえば、そういう時期か」

芳樹たちの住んでいる県では、一月中に公立高校の推薦入学が決まる。一般入試は二月の下旬だ。そして三月に入ってすぐに卒業式というスケジュールになる。

「警察からもいろいろ聞かれた。大久保が言ったように、三人組に弱味を握られていたやつは複数いたみたいだけれど、警察の方でも連中が暴走しないように目を光らせてた。しっかり首根っこを押さえてくれてたから、脅迫や恐喝はおさまっていたんだ。かえってありがたかったよ。他の人にもアリバイがあったり、飛び移るのは無理だと思われたりで、ぼこぼこにされた者はいなかったはずだ」

芳樹が喫煙の写真のことを尋ねると、高崎は白い歯をのぞかせた。

「警察が没収した。今後は気をつけろと注意されたけど、学校には内緒にしてくれたんだ」

そりゃよかった、気が利くじゃないかと芳樹も思ったが、万事めでたしめでたしというわけではない。

結局、犯人はわからずじまいなのだ。女の子を襲った人間は特定されず、関係者一同が卒業したことにより事件はうやむやにされた、ということだ。早く忘れたかったのか、本人も被害届を取り下げてしまったらしい。

三年近くが経つと人々の記憶は薄れているだろう。被害者だけが、やられ損じゃないか。割り切れない思いで大久保の描いた紙切れを手に取ると、横から水野が言った。

「実はおれ、その事件でひとつだけ、妙なことを聞いてるんだ」

「は？」

「今まで誰にも言ってないんだけど」

水野は眼鏡のブリッジを押して持ち上げた。

「秘密にしてたわけじゃなく、おれ自身、どういうことかわからなかったから」

「なにそれ」

芳樹も大久保も高崎も、思わず身を乗り出す。

「おれは西中じゃなくて、近くの本田中《ほんだちゅう》だった。だから事件のことについてはほとんど知らない。でも通っていた塾で、仲良くしていたやつが西中だった。そいつは学校の敷地に生えている木に、リスが棲み着いているのに気がついて」

「リス？」

「たぶん野生化した台湾《たいわん》リスだと思う。ときどきひとりで見に行ってたらしい。そして、とある放課後、いつものように植え込みに隠れて木を眺めていると、そこから見える位置にある校舎の窓が開いた。三階の窓だ。たまたま視界に入っていたんだろうな。気にも留めずにいたところ、窓からひょいと腕が伸び、何かを放り投げるのが見えた。それは建物にくっついている階段に当たり、カツーンと音が響いた。なんだろうと思いつつもリスに注意を向けていると、今度は校舎から悲鳴や物音が聞こえた。そのあとは学校全体がざわつき、さっきの窓から先生が身を乗り出しているのが見えた。さすがにリスどころじゃなくなって、茂みから校舎に戻り、何があったのかわからないまま家に帰ったそうだ。途中でパトカーにすれちがったと言ってたし。今話に出た事件の日だよな」

芳樹は見取り図の描かれた紙を眺め、ペンを手にして、水野の話に該当するであろう場所に木のマークを入れた。高崎の告白を聞いたときのように胸の鼓動が速まる。今自分は、とても重要な証言を得ているのではないか。そしてひどく動揺している。

「今の話って、つまりどういうこと？」

真っ先に大久保が口をきいた。

「窓から投げ捨てたのって、もしかして鍵か？　カツーンって音がしたなら、金属と金属がぶつかったんだよな。外階段にあった鍵は、犯人が逃走するときにうっかり落としたんじゃなかったということ？」

水野は弱り切った顔で肩をすぼめた。

「はっきりしたことはわからないよ。今の今まで、事件そのものをほとんど知らなかったし」

「リスを見ていたやつは、どうして証言しなかったんだろう。たぶん、警察にも言ってないよな」

「ああ。でも隠していたわけじゃない。自分が目にしたものがなんだったのか、そいつもわかってなかったんだ。校内で起きた事件だし、女子が被害者だから、先生も警察も大っぴらに目撃情報なんて募《つの》らなかったんだろう。そいつにしても、ちょうど事件のあった頃から風邪を引いて熱を出し、公立の受験までに治さなきゃいけないと必死だった」

「学校を休んでいたのか」

「そうらしい。熱が下がって受験して、またぶり返して休んで、卒業式だけはなんとか出席したと言ってた。おれと会ったのも高校入学後の四月になってからだ。貸し借りしていた問題集を返しがてら待ち合わせ、そこでこの話が出た。たぶん、あのリスたちはどうしてるかなという流れからだよ。そいつが口にしたカツーンっていう金属音が印象的で覚えていたけど、落ちのない話だからな。そのときもすぐに他の話題に移った」

救急車やパトカーが駆けつけた事件とはいえ、人が死んだわけじゃない。自分から調べようとしなければ知らないまま、ということはありそうだ。

「でも、今初めて大久保や高崎から詳しく状況を聞いてみると、どう考えても妙だ。順番がちがう。そいつが見たのが窓から鍵を放り投げるシーンだとすると、女の子が襲われたのはそのあとになる」

「犯人が女の子を襲ったのち、美術室の窓から逃走する、という線はありえないわけだな」

大久保が人差し指を立て、念を押す。

「そうなるな。そいつは階段から降りてくる人を見てない。何者かが、鍵だけを放り投げたんだ。いったいなんのために？」

「そりゃ、外階段で逃げたと思わせるためじゃないか？」

「だったらじっさいはどうやって逃げたんだろう」

袋のネズミだ。美術室は三階の一番奥。壁にも床にも天井にも仕掛けはない。窓から外階段へのルートがダミーだったとしたら、残るは廊下のみになってしまう。悲鳴があがったとき、三人組はすでに近くにいたようだ。彼らの証言がほんとうならば。そのあとすぐ駆けつけた人たちもいる。

水野と大久保の会話を聞きながら芳樹は唇を嚙み、ふと思い立って高崎を見た。彼もまた芳樹に視線を向けていた。ふたりの目と目が合う。ほんの一瞬のことだ。どちらも何も言わない。でも、ひらめいたものの正体に顔色をなくしている様は、おそらく自分と同じだ。今の自分はこんな顔をしている。

「おい、湯沢。黙ってないでなんか言えよ。刑事ドラマならここで名推理が飛び出す決めシーンだぞ」

「おれが？」

「そうだよ。言ってみろ。今こそ言ってみろ。聞いてやろう」

とんだ無茶振りだ。そのおかげで止まっていた呼吸が戻った。青ざめていただろう頰に赤みが差すのが自分でもわかった。

「じゃあ言うよ」

「よぉし」

「おれが思うに、あやしいのはやっぱり三人組だ。三人そろって現場に駆けつけ、疑われるのを恐れてあわてて逃げ出した。みんなこれを鵜呑《うの》みにしてるけど、ほんとうに最初から三人一緒だったのか？　仲間割れしてたのかもしれない。裏切り者はひとりなのか、はたまたボスを抜かしたふたりなのか。たとえばだけど、ひとりが先回りして美術室から鍵を放り投げ、準備室の片隅に隠れる。タイミングを見計らい、ボスの携帯に『美術準備室』のひと言をメール送信。そして現れた女の子を襲い、再び片隅に隠れる。ボスたち到着。何食わぬ顔で、遅れて駆けつけた振りを装い、自分もふたりの間に交じる。ボス以外のもうひとりも共謀していれば、うまいことごまかしてもらえるだろう」

大久保は大きく目を見開き、イルカの曲芸を見たように手を打った。

「それは盲点だな。考えもしなかった。動機は？」

「そろそろ悪事から手を引きたかったのかもよ。でもボスが恐くて正面切っては言えない。だからわざと事件を起こし、警察を介入させた。女の子にも、怪我をさせるつもりはなかったのかもしれない。ぜんぶ想像だけどね。ただの思いつき」

「いや、おもしろい。三人組のうちひとり、ないしはふたりが犯人という推理は、まさに目から鱗《うろこ》だよ」

満足げな大久保をよそに、水野は首を捻り顎《あご》に手をあてがい、納得しかねている様子だった。そのとき、下校を促すチャイムが鳴り響いた。高崎が時計を見る。気づけば日はすっかり暮れ、教室も暗くなっていた。鉛色の空の先にはコンクリートのビルが小さく見え、塩の結晶のような明かりがぽつぽつ輝いていた。

立ち上がってプリントを片づけていると、部活を終えたブラバンの子たちがにぎやかにやってきて、四人は自然にばらけた。以来、話の続きをする機会は訪れなかった。

＊　＊

信号が青に変わる。止まっていた車の列が一斉に動き出した。ターミナルに入ってくるバス、出て行くバス、エンジン音がひとしきり高鳴り、それが収まったところで芳樹はもう一度、口にした。

「あの事件ね」

高崎はうなずき、長身を折って手すりに腕を載せた。その上に顎を置く。

「まさか目撃者がいたとは。水野の話には心底驚かされた」

「ほんと。最後の最後にひっくり返された」

軽い調子で芳樹が言うと、頭が動き、探るような視線が向けられる。こいつはこんな目をするのかと密かに感心してしまう。

「湯沢は何か気がついた？」

「何かって、事件の真相かな」

まっすぐ見返すと、高崎は目をそらした。

「最後におまえが披露した、三人組の仲間割れ説はありえない。いくらなんでも不自然だ。連中もバカじゃない。じっさい三人がえらい剣幕で階段を上がっていくのを、見ていた生徒がいる。三人は行動を共にしてたんだ」

「だろうね」

あれこそ、その場しのぎの思いつきだった。あっさり同意すると、高崎の表情がみるみるうちに曇った。息を大きく吸い込み、細く長く吐き出す。揺れる気持ちが手に取るように伝わってきた。案外わかりやすいやつなのかもしれない。

「だったら、湯沢が気づいたことって何？」

「高崎にもわかったんじゃないのか。唯一の脱出ルートが使われていないとしたら、廊下の突き当たりはほんとうに穴の空いてない袋状態だ。中にいたのはひとりきり。そうなんだろ？」

「女の子を襲った犯人は？」

「最初から、いなかったんだろうな」

ゆっくり告げると、目の前の男は背中を丸め、手すりに載せた自分の腕に顔を埋めた。

水野の話を聞けば、導き出される答えはどうしてもそれしかない。被害者を装った、女の子の自作自演だ。でもあのときは半信半疑だった。高崎と目が合い、彼もぎょっとしてるのを見て確信が増したが、あえて深追いはしなかった。

そして数カ月経ち、たった今、話を蒸し返された。もう包み隠しはしない。その必要はないだろう。

「あのときなぜ言わなかった？　三人組の仲間割れ説なんか唱えて」

「高崎も口をつぐんでいただろ」

「昔の話だ。気づくやつはほとんどいない。だから……」

「もしかして、口止めしに来たのか？」

「そうじゃない」

高崎は体を起こし、芳樹に向き直った。

「だったら何？」

「おれさ」

言いかけて逡巡し、空へと視線を向け、そこに浮かんでいるものに目を凝らすようにして、また口を開く。

「タバコ以外にもやばい写真を握られていた。タバコの写真をたてに酒を無理やり飲まされ、酔いつぶれたところを裸にされ、それを撮られたんだ。中坊の、それも男の裸だよ。誰も見たくないだろう。今だったらそう思えるけど、当時は死ぬほどつらかった。学校中にばらまくと脅されて、どうしていいかわからない。あげくの果てに卒業間近になってから万単位の金を要求された。応じるしかないと思ったよ。でも高校に入ってからも脅迫が続くなら、いっそのことと思い詰めるようにもなってた。そんなとき、あの事件が起きたんだ。おれは、あれに救われた」

芳樹は手すりを摑んでいた手に力を入れた。返事のしようがない。相手はろくに話したこともない、クラスの中心人物なのだ。十二月に雑用を一緒にやっていなければ、昔の話を聞くこともなかっただろう。

今の体格からすれば想像しづらいが、こいつは中三までは背が低く、ひ弱だったらしい。だから、悪い連中はどんどん図に乗った。一度できてしまった上下関係は容易に覆《くつがえ》せない。よっぽど陰に回っての陰湿なやり口だったにちがいない。誰にも相談できず、逃げ場のない、それこそ袋小路に追い詰められていたのだろう。

「あの事件のせいで、連中は人をゆするどころじゃなくなり、真犯人捜しにやっきになった。警察にも目を付けられ、携帯やパソコンは調べられた」

「その、やばい写真っていうのは？」

「十二月に話したとおりだ。警察が押収してくれて、しっかりしろとはっぱをかけられた。弱味を握られるな、握られたら相談しろと、電話番号を教えてくれた刑事もいたよ」

高崎は、やっと笑みらしきものをのぞかせた。

「なんだか憑《つ》き物が落ちた気分だった。閉じこもっていた穴蔵から広い場所に出た感じ。そうなって初めて気づいた。おれ、あいつらより背が高くて、体格もぜんぜん負けていなかった」

穴蔵にいる間はそんなことさえ気づかず、頭を押さえつけられて縮こまっていたのだろう。

自分はどうだと、芳樹は密かに振り返った。小学校、中学校時代と比べて、進歩はあっただろうか。人をうらやんだり嫉妬《しっと》したりせず、こいつはこいつ、自分は自分と無理せず思えるようになったのは、いくらか成長した証かもしれない。

「被害にあった子は、佐藤やよいというんだ。二年のときだけ同じクラスで、三年はちがったけど、F女学館の音楽専科に入ったことは知っている。どうしているのかな。湯沢、F女学館に知り合いがいるんだろ？　前に、クラスのやつらにそう話してなかったっけ」

「ああ。イトコがね、いることはいるよ。もしかして、おまえの言ってる女の子に伝えたいことがある？　それとも今どうしているかを知りたい？」

芳樹の問いかけに、高崎は唇を噛み、頭を少し傾けた。

「ここまで来る途中、ずっと考えていた。ずっとずっと考えて、やっぱりそっとしておいてほしいかもしれない。どうしているかは知りたいよ。でも、元気だったらそれでいい。今になっておれが、あのときはありがとう、助かったなんて言ったら、困らせるだけかもしれない。あの子がなぜあんなことをしたのかはわからないし」

「むずかしく考えるなよ。もし、また会うことがあったら、事件のことなんか気にせず、おまえはふつうに話せばいいんだよ」

「湯沢」

これまでで一番、力のこもった声を聞いた。高崎の目は笑っているが熱気のようなものが押し寄せた。

「ありがとう。それ聞いて、すげー嬉しい。それでさ、三年前の事件については、これからも誰にも言わないでくれ。さっきはちがうみたいに言ったけど、おれ、やっぱり口止めしに来たんだ。ただ、その前におまえの腹を探りたかった。どういうつもりなのか知りたくて」

へえ、という思いで、まじまじと端整な顔立ちを凝視《ぎょうし》する。十二月の教室で、水野からの話を聞き、ひょっとしてという想像にかられたとき、ふと高崎と目が合った。鏡の中の自分を見るような気持ちになったが、あながち外してはいなかったらしい。

「おれに、F女学館の知り合いがいるというのも、伝言を頼みたかったんじゃなく、やばいと思ったわけ？」

高崎からしてみれば、よけいなことをしゃべりはしないかと不安にかられたのだろう。

「まあね。考え出すときりがなくて」

「気になるならもっと早くに言えばよかったじゃないか。何もこんな、卒業式の日に」

「三年も前の、ちがう中学校の出来事だ。おまえがそのまま忘れてしまうなら、その方がいいと思った」

寝た子を起こしたくない、か。

「だったらどうして、今日——」

「『仰げば尊し』を歌ったから」

虚《きょ》を突かれる。とたんに頭の中にピアノの音色が流れ、体育館のひんやりした空気が蘇った。並べたパイプ椅子のきしむ音や誰かの咳払いまで聞こえるようだ。

「中学二年の、ちょうど今ごろだよ。誰もいない教室の机の上に、誰かが置きっぱなしにした布製の袋があってね、そこに平仮名で『やよ』って書いてあった。三年生の歌う『仰げば尊し』を聞いたばかりだったから、自然と口ずさんだ」

駅前のバスターミナルの陸橋の上で、高崎がすっとワンフレーズを口にした。

身を立て　名をあげ　やよ　励《はげ》めよ

自分も歌ったばかりだ。仰げば尊し、我が師の恩、教えの庭にも、はや幾年《いくとせ》。古めかしい歌詞で意味不明なところも多く、毎年他の歌に代える案が浮上する。今年もそうだった。候補はいくつもあがったが絞りきれず、ほとんどなし崩し状態で今年も例年通りの「仰げば尊し」。でも、しんと静まりかえった体育館で歌い始めてすぐ、不思議な感動が胸の奥底からこみあげた。

多くの学生がこの歌をうたい、新しい場所へと巣立って行った。自分もそのひとりになる。節目を噛みしめるには、やはりふさわしい曲だった。

「そしたら、その袋の持ち主が現れてびっくりした。そりゃ驚くよな。他に誰もいない教室で、自分の袋を眺めながら歌なんかうたっている男がいたら。おれはおれでバツが悪いやら、恥ずかしいやら。あわてて『やよ』を指さした。歌詞にもある『やよ』。そしたら彼女は袋を手にとって広げて見せた。『佐藤やよい』という名前だった。よけいに焦《あせ》って、おれは言ったよ。『仰げば尊し』って、佐藤さんの応援歌みたいだねって」

今日の卒業式、彼はそのやりとりを思い出したのだ。

「たしかに、『やよ、励めよ』だ」

「な、ぴったりだろ」

「事件を起こした子が、佐藤やよいか」

「おれを窮地から救ってくれたあの子を、守らなきゃと思ったんだ。湯沢が何の気なしに誰かにしゃべったことが、まわりまわって例の三人組の耳に入ったら、何があるかわからない。取り越し苦労かもしれない。でも、おまえの口はふさいでおかなきゃと思い、ホームルームの後、夢中で追いかけたんだ」

それで思い出したくもない自分の過去もしゃべったのか。

「よくわかった。おれもその女の子を守る側に回るよ。これでも口は堅い方だ。安心しろよ。だからもう、クラスの打ち上げ会に行けば？　今からでも間に合うだろ」

「湯沢は？」

「今日は用事があるんだ。もう行かなきゃ」

「そうか。ごめん。引き留めて悪かったな」

ほっとしたように目を細める彼に春の明るい日差しが降り注ぐ。心地よい風が芳樹のもとにも吹き込んだ。

高崎にはまた会おうと言われ、くすぐったい思いと共にうなずいた。そうだな。縁があったら、な。

つぶやきながら去っていく後ろ姿を見送り、芳樹はずっと手にしていた携帯電話にちらりと目をやった。数メートル移動して空いてるベンチに腰かけ、深呼吸をひとつ。

「やっこちゃん、もしもし」

「うん」

くぐもった声が返ってきた。

「今の、聞いてたよね？」明らかにやりすぎだ。無茶もいいとこ。今おれ、すっごく怒ってる」

「うん」

「二度とやらないと約束しなきゃ、直《ただ》ちに叔母さんにチクる」

「やめて。ごめんなさい。ほんとうにごめんなさい。反省してます。二度としません。誓います。だからお願い。ママには内緒にして」

まったくもう。気合いを入れて、恨みがましく言ってやった。

「去年の十二月、あのときの詳しい話がやっとわかって、血の気が引いたぞ。もしやと真相がよぎったとき、まちがいなく寿命が縮んだ」

「ほんのちょっとのつもりだったの。そしたら思わぬクリティカルヒットで」

「こらっ！」

校舎の最奥《さいおう》で起きた事件、廊下にはワルの三人組がいた。被害者を襲った犯人に残された逃げ道は窓から飛び移っての外階段だけ。でもそれが使われてないとしたら、犯人はどこに消えた？

煙じゃあるまいし。種明かしはとっても簡単だ。美人のクラスメイトとの鞄の掛け違いも、女の子らしいメモ用紙も、似せて書いた呼び出し文も、鍵の調達も、ふだんはまあまあ素行のいい女子生徒なら怪しまれずにできる。前日、携帯電話を盗むのはむずかしかっただろう。ゲームセンターに入り、すきを狙ってこっそり奪うくらいしか手段はない。逆に言えば、それさえうまく行けば作戦決行だ。

放課後の美術室で、窓を開けて鍵を放り投げたとき、どんな思いでいたのだろう。見られていたのはもちろん想定外だ。彼女はちゃんと逃走ルートを確保しておきたかった。自分が疑われないためにも。

そして鍵を投げてから準備室に入り、携帯で三人組を呼び出し、彼らが廊下に現れたところでめちゃくちゃに暴れて物音を立て、悲鳴をあげ、最後、布きれで摑んだワインの瓶を天井に投げ上げた。わざと自分の頭で受け止めたとき、予想以上の衝撃だったというわけか。どっちにしても無茶苦茶だ。打ち所が悪かったらどうする。

「お転婆《てんば》は変わってないね。子どもの頃の武勇伝が、よぎるよぎる」

「いたたたた。ちがうの。あれはしょうがなかったの。わたしの友だちにすごくきれいな子がいて、ほんとうに狙われていたの。たまたま悪巧《わるだく》みを聞いちゃって、なんとか阻止したかったのよ」

芳樹のイトコはいっとき、進路について悩んでいるようだったが、音楽の道に進みたいと言い出し、高校は将来を視野に入れた学校に決めた。三年後の今、音大にストレートで合格している。

小学生の頃ならいざ知らず、中学生の女の子がいくらひどい相手とはいえ、誰かを陥《おとしい》れるために緻密な計画を練り、しかも実行してしまうなんて考えられない。結果的に親に心配をかけ、警察まで欺《あざむ》いたのだ。

十二月の時点では動機がさっぱりわからず、「もしや」と思いつつもそれ以上の考えは保留した。時間をおいて、いずれ本人に尋ねようと思っていた。でも今日、高崎がやってきた。陸橋の上で事件の話を始めたとき、彼女がそこまでした動機がわかった気がした。

だから、手にしていた携帯を気づかれないよう指先で操作し、電話をかけ、高崎とのやりとりを聞かせた。

「ふーん、女友だちのためにね。それだけ？　今思うと、おれの学校の写真をやけに見たがったよね。修学旅行の集合写真なんか特に。バスケ部の対外試合のことも、聞かれたことがあった。あれってなんだろう」

「さあ。なんだろうね」

「いい男だから、ライバルは多そうだよ」

ほんのちょっと間が空く。

「わかってるよ」

「モッツァレラチーズは買えた？」

「今、スーパーの前。すごく久しぶりに声が聞けた。ほんとに、ありがと」

バカだなあ。やもたてもたまらず無茶をして、事態が大きくなりすぎて、結果、収拾がつかなくなった。誰にも真相を打ち明けられず、固く口をつぐむしかなくなったのだろう。そして、自分の気持ちも無理やり封じ込めた。彼を助けるためにしたことだったのに。

「そうだ、やっこちゃん、今日は卒業おめでとう」

「よしくんもだよ。おめでとう」

洟《はな》をすする音がした。どこかのスーパーの入り口で洟をかんで目元を拭っている女の子がいたら、それは自分より二カ月あと、三月三日のひな祭りに生まれた、母親の妹のひとり娘だ。

小さい頃は「やよい」とうまく言えず、自分のことを「やっこちゃん」と呼んでいた。中学のときに思わぬ事件に巻きこまれ、彼女の両親はもとより祖父母も伯父伯母もえらく心配した。何が起こったのか尋ねても、その頃同じく中学生だった自分にはちっとも教えてくれないほど、ぴりぴりしていた。よからぬ噂になりゃしないかと絶えず気を揉んでいたのだ。

年頃の女の子にとって「襲われた」というひと言は深い傷になりかねない。無事に高校を卒業し、今日は晴れてのお祝い会だ。

またあとでと電話を切り、いつの間にか広がり始めた白い薄雲を眺めながら、芳樹は口ずさんだ。

身を立て　名をあげ　やよ　励めよ
今こそ　別れめ　いざ　さらば

ほんとうだね。君の、応援歌だ。

ドルシネアにようこそ

宮部みゆき

1

営団地下鉄日比谷《ひびや》線の六本木駅は、その頭上に広がる街の鬼っ子である。すすけたような壁と、コンクリートむき出しの通路。ホームの照明も、駅名の表示板や構内の広告を裏側から照らしている蛍光灯《けいこうとう》も、景気の悪い店のネオンのようにくすんでいる。ここでは、階段の上と下とで、世界が違うのだ。

篠原伸治《しのはらしんじ》は、毎週金曜日の午後七時ちょうどに、この駅に降り立つ。いつも、安物のジャケットにジーンズ、スニーカーといういでたちである。

駅と同じように、ぱっとしない。

階段をのぼり、改札を抜ける。週末、華《はな》の金曜日を六本木で満喫しようという若者たちで、駅はそろそろ込み始めている。

大半は若いサラリーマンか、OLたちだろう。学生も多いかもしれない。彼らは着飾って、あるいは高級品を身につけて、足どりも軽く外へとあがっていく。

「ここに地下鉄に乗ってやってくるようなヤツに用はないよ」という顔をしている街に、「ここに地下鉄なんかに乗ってやってくるわけないいじゃない」という顔で乗り出していくのだ。

煩雑《はんざつ》な日常は、切符と一緒に駅員に渡してしまった。あとはただ楽しめばいい。そして、眠ることを知らず、退屈することもないこの街には、本当に「地下鉄なかに用のない」人間たちもあふれているのだ――

そんな彼らのあいだをすり抜けて、伸治は改札の脇《わき》にある伝言板に近づく。たいてい、先客がいてメッセージを残している。待ち合わせの相手へ、すねたり怒ったりしながら、先に行くよと告げている。

伸治はチョークを手に取り、空いている場所に伝言を書く。文面はいつも同じだ。

「ドルシネアで待つ　伸治」

それだけだ。相手の名前は書かない。

駅を出た伸治は、俳優座劇場のほうに向かって歩く。三河台公園の手前を左に折れる。

こんなところに、と驚くような場所に、中学校がある。そのすぐ近くに三階建てのこぢんまりしたビルがあり、二階の窓の脇に、「三輪《みつわ》総合速記事務所」という古びた看板が出ている。

伸治は、この事務所でテープ起こしのアルバイトをしていた。始めてから、そろそろ半年になる。

三輪事務所では、速記による、様々な種類の原稿製作の依頼を受けている。テープで持ち込まれるものもあれば、こちらが現場に出向いて録音してくるものもある。内容も多種多彩だ。講演会、座談会、雑誌のインタビュー記事。小説家と契約して、作品の口述筆記をすることもある。

伸治も、いろいろな内容のテープ起こしを請《う》け負ってきた。ただ、事務所の計らいで、長さは一時間前後のものに限られている。まだまだ技術的に未熟だし実務の経験もないので、あまり長いものでは手に余ってしまうかもしれず、結果的に納期を守れないことになっては、下請けのアルバイトを雇ってもなんにもならないからだろう。

毎週金曜日の夕方にテープを受け取り、翌週の金曜日までに仕上げる。原稿と引き換えに、次のテープをもらうというサイクルだ。三輪事務所は夜八時頃《ごろ》まで開いているし、土曜日も営業しているのだが、伸治はこのリズムをきちんと守ることにしている。遅れたことは一度もない。

手間賃は月末の一括払い。一カ月にテープ四本フルに引き受けて、六万円ぐらいだ。伸治の場合は下請けなので、日本速記協会で決めている協定料金を払ってもらえない、ということはあるにしても、実働時間と引き比べてみると、決して楽な商売ではない。

しかも伸治は、昼間はまだ速記学校に通う学生だ。故郷の高校を卒業して上京し、今年で三年目になる。

学校では、月曜から土曜の午前十時から午後五時まで、速記とワープロと、文章作成の授業を受けている。時には、臨時の講師として入門コースの生徒たちの授業を受け持つこともある。

自然と、アルバイトのテープ起こしをするのは、夜になってしまう。深夜までかかって、締切ぎりぎりで仕上げることもある。ほかのアルバイトをしている暇はないので、仕送りをしてもらっていても、生活はかなりしんどい。

時間的にも経済的にも、遊んでいる余裕などない毎日だった。娯楽といったら、せいぜい日曜日に名画座で映画を観《み》たり、友達と新宿あたりの安い店で酒を飲むくらいが関の山だ。

六本木駅の伝言板に伝言を書くのは、そんな生活のなかで見つけた、ささやかな気晴らしだった。

「ドルシネア」というのは、六本木通りに面したビルの地下にある、ディスコの名前である。若者向けの情報雑誌で紹介されたり、テレビの深夜番組で取り上げられたりして、昨年あたりから急に人気が出てきた。芸能人やスポーツ選手にも、常連客が多いという。

豪華な内装、凝ったインテリア。数千万円かけたという音響と照明の装置。酒類や料理も豊富で質が高い。ここのオリジナルのカクテル「ドルシネア・ラブ」は、若い女性客に人気がある。

当然のことながら、誰でも入れるという店ではない。料金も高いし、センスのない服装をした客もお断りだ。宴会の流れで部下の女子社員に連れられてきた中間管理職のサラリーマンが、入り口で門前払いを食わされたというエピソードもある。団体客も受け付けない。

もちろん、高校生も駄目《だめ》である。大学生はいいが、運転免許証を持っていない男は入れない。本当ならもう一歩踏み込んで、自家用車を持っていない男はお断りだと言いたいところなのだろう。

伸治もまた、「ドルシネア」ではお呼びでない青年である。「一度『ドルシネア』に行ってみたいわね」と甘えてくれるガールフレンドもいない。あの店で週末の夜を過ごす若者たちは、彼にとっては異邦人だ。

実際、「ドルシネア」の前に立ってみたこともない。三輪速記は、駅をはさんで「ドルシネア」とは一八〇度逆の方角にあるので、金曜の夜の六本木で、伸治は、行きは「ドルシネア」に背を向けて歩き、帰りは「ドルシネア」にたどりつくことのないまま駅へ、地下へもぐっていく。

それでいて、「ドルシネアで待つ」と、伝言を書く。

彼の書いた伝言は、彼がアパートに帰るため駅に戻ってきたとき、そのまま彼を出迎える。そして何時間かのちには、駅員の手で消されてしまう。

それだけのことだ。伸治の伝言を読む相手はいない。最初から誰もいない。

それでも毎週、伸治は同じ伝言を書く。実在しない相手に向けて、存在しない約束を。

そうしておけば、華やかな週末の六本木を、原稿を手に一人ぼっちで、擦り切れたスニーカーで歩いていく自分の姿に、いくらかでも堪えやすくなるような気がするから。

ところがその伝言に、ある日突然、返事がかえってきた。

2

一月の第二金曜日のことだった。三輪速記に原稿を届けて駅に戻ってくると、伸治の書いた伝言の脇に、女性の文字でこう書いてあったのだ。

「ドルシネアに、あなたはいなかったわね」

ちょっとの間、つっ立ってそれをながめてしまった。

きれいな字だ。伸治の伝言に寄り添うようにして書いてある。

誰かがいたずらに書き残していったものだろう。深い意味などない。そう思った。

若いカップルかもしれない。彼らは駅で待ち合わせしていて、女性のほうが先に来ていた――そんなことはめったにありそうもないが。そして、外に通じる階段から吹き降ろす風に身を縮めながら待っているときに、退屈しのぎに目をやった伝言板に、恋人と同じ名前の男が書いた伝言を見つける。「ドルシネアで待つ　伸治」

彼女は偶然を面白がって、その伝言の脇にメッセージを書く。そして、遅れてやってきた恋人にそれを見せ、彼の胸をちょっとこづく。

(遅いじゃないの)

(ごめん、ごめん)

理屈はなんとでもつく。

それでも、あまりいい気持ちはしなかった。こっそりやっていたいたずらを誰かに見られていたような、バツの悪い思いがした。

伸治は、二つの伝言を一緒に、ひと拭《ふ》きで消した。

その夜は、アパートに帰ると、受け取ってきた次のテープには手をつけず、缶《かん》ビールを飲みながらテレビの深夜映画を観た。

翌々日の日曜日は、どこにも出かけず練習に専念した。試験が近いからだ。

日本速記協会が主催する速記技能検定試験である。国家試験ではないが、文部省が認定しているものだ。伸治が受けようとしているのは、その一級の試験である。合格すれば一級速記士と認められ、顔写真つきの「速記士証」が発行される。

東京で頑張《がんば》っているのは、一にも二にもそのためだった。二十歳《はたち》の年に二級の試験に受かってから、ずっとそこで足踏みしている。一級へのチャレンジは、今度で四回目だった。

といっても、速記士という職業につくために、どうしてもこの試験にパスしなければならない、というわけではない。資格試験ではないから、受けたくなければ受けなくてかまわないし、技量さえあれば、実務はこなしていける。要は実力である。最高点で一級試験に合格しても、それきり速記をしなければ、たちまち腕が落ちて使いものにならなくなってしまう。頭で半分、身体《からだ》で半分覚えるものだから、鈍ってしまったら、また一から鍛えなければならないのだ。

それでも伸治が一級試験にこだわるのは――というより、こだわらざるを得ないのは、家の仕事を継ぐからだった。

伸治の故郷は、東京から特急で三時間ほどのところにある小さな地方都市だ。父親がそこで速記事務所を営んでいる。スタッフは三人。社長自ら録音機をかついで現場に出ていくこともあるという、小さな事務所だ。

東京と違って、マスコミ関係からの依頼は少ない。いちばんの顧客は市役所だ。市議会の議事録をつくるのである。公聴会や、公共のイベントで話されるスピーチを速記して原稿にすることもある。町議会に頼まれることもある。その種の依頼さえ確保しておけば、そこそこ堅実に経営していくことができるほど、仕事があるのだった。

ただしそれには、仕事を請け負う人間は一級速記士でなければいけない、という条件がついていた。お役所はえてしてそんなものだが、権威主義なのだ。

となると、跡継ぎの伸治としては、どうしても試験にパスしなければならない。だから東京の学校で勉強もしているのだし、割にあわないと思いながらもテープ起こしのアルバイトをしているのは、早く実務に慣れたいからだった。

試験は一、五、八、十一月の年四回。今度は一月の最終日曜日である。もしこれでまた落ちてしまったら、五月まで待たなければならない。

試験は実技のみで、高田馬場《たかだのばば》にある速記学校で行われる。一級の場合は、一分間に三百二十字のスピードで十分間朗読した文章を速記し、百分間で普通の文章に翻訳する。そのうち、間違いが全体の二パーセントを超えたら不合格である。誤字や脱字、句読点の打ち違いも間違いに含まれる。

試験ではどうしてもあがってしまうから、三千二百字のうち六十四字しか間違うことができないというのは、かなりきつい。緊張していて、翻訳の時にうっかり一行脱行してしまうこともあるし、一ページとばしてしまうということさえある。極端な場合には、速記している途中でくしゃみを一つしただけで、それまでの努力がパーになってしまうこともあるのだ。

一級の技能試験の合格率は、いつも一〇パーセント程度である。

伸治は、今度こそ合格しないといけない、今度が最後のチャンスだと思っていた。ここで駄目だと、気力が失《う》せてしまいそうだ。

日曜日は練習に費やしたので、月曜日の夜からはアルバイトをした。比較的楽なテープだったので、有り難かった。

消費生活研究会という社団法人が、新しくブックレットのシリーズを発行するのだそうで、その創刊の意義や目的を、法人の代表者がスピーチしているものだった。詳しいレジュメもついており、参考にと、そのブックレットも渡された。「ちょっと待って　訪問販売」「クレジットカードを持つ前に」などの題名がついている。見本のブックレットはもらっていいのだそうだが、レジュメは必ず返してくれと念を押されていた。こういうことは、ときどきある。部外秘の資料を貸してもらった場合だ。

テープを聞いていくうちに、なるほどこれは外に洩《も》れてはまずいだろうなと思った。学生や独居老人を標的に、性質《たち》の悪いインチキ商売で儲《もう》けている会社の実名が、多数出てくるのだ。被害者は大勢いても、すれすれで法に触れていなければ犯罪ではないわけだから、こういう文書をうっかり公《おおや》けにすると、こちらが訴えられかねない。

ブックレットのほうは、仕事を離れて読んでも興味深いものだった。キャッチセールスの撃退法など、大いに参考になった。あか抜けない外見をしているせいか、街を歩いていると、声をかけられることが多いのだ。

読み終えて裏表紙を見ると、中央に、この社団法人のマークが入っていた。両手のひらを交差させてバツじるしをつくった形を模したものだ。覚えておこう、と思った。

その週は、授業も試験に備えての特別プログラムで、みっちりと練習した。夜はテープ起こしをするから、速記づけの毎日だ。

金曜日、いつもの時間に、いつものように六本木に降りた。いつものように伝言板に向かいながら、ちょっとためらった。

もうこんなこと、やめようかな。

それでいて、今夜もひょっとすると返事があるかもしれないという、妙な期待感もあった。いたずら。そう、いたずらにしろ、この街にも僕に返事をくれる人間がいるという、ひねくれた喜びもあった。

結局、伝言を書いた。そして仕事を届けて戻ってくると、その脇に、今度はこう書いてあった。

「本当に待ってくれてるの？」

3

偶然じゃないな、と思った。

先週の返事と同じ字体だ。ちょっと右上がりの、線の細い女文字。伝言を書いて駅を出て、仕事を届け、また戻ってくるまで、せいぜい三十分程度しかかからない。いや、もっと短いかもしれない。

そんな短時間に、さっと書いているのだ。たまたま見つけた伝言に、気まぐれにいたずらしているわけではないだろう。まして、二週続けてのことだ。

とっさに思ったのは、誰か知り合いで、偶然に僕のこの習慣を知った人間が、からかおうと思ってやっていることかもしれないな、ということだった。

だが、それにしては念がいっている。わざわざそのためだけに六本木にやってくるというのも煩《わずら》わしい話だ。

第一、もし友達の誰かがたまたまここで伝言を書いている伸治を見つけたら、伝言の内容を読みとることのできる距離まで近づくより先に、声をかけてきそうなものだ。

返事を書いているのは、赤の他人だ。ただ、僕があてもなく伝言を書いていることだけは、ちゃんと知っている。困惑と、恥ずかしさと、かすかな怒りの入り交じった感情で、心臓がどきどきしてきた。部屋をのぞき見されているような感じだった。

そこへ、うしろから声をかけられた。

「あのぉ……すみません」

振り向くと、厚ぼったいショートコートにくるまった女性が立っていた。ずいぶんと小柄《こがら》で、伸治の肩の高さに頭がある。そのかわりというのもおかしいが、顔も身体もぽっちゃりとしている。

知らん顔をするわけにもいかず、伸治は「なんでしょうか」という顔をした。小太りの女性は丸顔をほころばせた。

「すみませんけど、わたしね、『ドルシネア』ってお店に行きたいんですけど、場所がわかんなくって。教えてくれませんかぁ」

伸治は相手の顔を、服装を、靴《くつ》を見た。

年齢は――三十歳代なかばというところだろうか。短く切りそろえた髪。化粧っけもなく、くちびるには紅の色もない。つやの失せたコートは野暮ったいベージュ色だ。下に見えているスカートは、太めの足首を強調するような裾《すそ》広がりのデザインで、濃い紫色。靴は見るからに安物で、かかとがずんぐりしている。

「ドルシネア」に入れるわけがない。

まじまじと見ていると、相手は笑顔をくずさないまま、半歩ほど身を引いた。

「なんかおかしいですか？」

人の好《よ》さそうな笑顔で、話し方もおっとりしている。仲治はあわてて首を振った。

「いえ、別にそういうわけじゃないんですけど……あの、ホントに『ドルシネア』に行くんですか？」

「はい」と、無邪気に応《こた》える。

「ディスコだってことは知ってますか？」

「ええ。すてきなお店なんでしょう？」

「はあ、まあそうですけどね……」

かなりためらってから、仲治は道順を教えた。行ってみて入れなくても、僕の責任じゃない。

それでも、相手がうれしそうに礼を言って別れていくとき、思わず言葉が口をついて出た。

「どなたかご一緒なんですか？」

丸顔の女性はぱっと目を見開き、首をかしげた。

「いいえ、一人ですよ」

「一人でディスコに行くんですか？」

コートの衿元《えりもと》をかきあわせ、首をすくめて相手は笑った。

「そういうのって、ちょっと面白そうだと思いませんかぁ？」

相手は「ドルシネア」で見つけるとでもいうのだろう。伸治は呆《あき》れ、それからこの無知で楽天的な女性が気の毒になってきた。こんな気持ちで出かけていって、門前払いにあったら、どれだけ傷つくだろう。

そう思ったら、深く考える暇もなく、こう言っていた。

「よしたほうがいいですよ。きっと入れませんから」

だが、相手は平気だった。

「いいんですよ。込んでたって、入れるまで待ってますから。どうもありがとうございましたぁ」

ぺこりと頭を下げて、行ってしまった。取り残された伸治は、なにかひどく残酷なことをしたような気持ちになった。

彼女の姿が見えなくなってしまってから、あわてて走り出し、あとを追った。白い息を吐きながら走っているとき、そういえばこの街では走っている人を見かけたことがないなと思った。そこが渋谷や新宿と違っている。

彼女は案外足が速く、伸治がようやく追いついたときには、もう「ドルシネア」の見える場所に来ていた。一つ手前の交差点で信号待ちをしている。

声をかけると、びっくりして振り向いた。

「あらぁ」と、ふくふくした頰《ほお》をほころばせる。

「すみません。あの、ホントに失礼なんだけど、行かないほうがいいですよ」

「へ？」

「『ドルシネア』、よしたほうがいいです」

信号は青になったが、二人は渡らなかった。他人の邪魔にならないように、歩道の端に寄った。

「どうして？」

「あそこ、服装チェックがあるんです」

彼女は面白そうにくっくっと笑った。

「なんか、女学校みたいね」

「そうですよね」

仲治も思わずつられてほほえんだ。

「つまり、センスのない服を着てると駄目《だめ》なわけ？」

「そうです」

「それ以前に、見目かたちが麗《うるわ》しくないと、よろしくないのかな」

仲治は答えなかったが、彼女は「ドルシネア」のほうをながめながら、納得顔でふんふんとうなずいている。

ちょうどそのとき、ダークブルーの外車が一台、滑るように交差点を右折して、「ドルシネア」の前でぴたりと停《と》まった。ドアが開き、黒っぽいスーツの男がまず降りる。ひと呼吸おいて助手席のドアも開き、白いワンピースの女性がひらりと姿を現わした。

「ああいうカップルでないと、ノーサンキューなのかなぁ」と、彼女は面白そうに言った。

「きっとね。だから、僕なんかも駄目ですよ」

丸顔の彼女は、空のほうを向いて、声をたてて笑った。

「ヘンなの。誰が決めたんだろ」

「さあ、お店の人じゃないですか」

客を選ぶというのも、今時の商売の方法なのだろう。

「だけど、それをあたしに教えるために、わざわざ追いかけてきてくれたの？」

伸治は頭をかいた。急に、大きなおせっかいをしたような気がした。

だが、彼女はにこにこして言った。

「どうもありがとう」

そして、くるりと廻《まわ》れ右すると、

「ねえ、時間があるなら、ラーメンでも食べていかない？　お礼に、あたし、おごるからさ」

彼女の名前は、守山喜子《もりやまよしこ》。

「三十五よぉ」と、笑いながら教えてくれた。神谷町《かみやちょう》にある小さな不動産会社で事務員をしているという。

そういえば、今こうして明るいところで見てみると、彼女の手にはインクの汚れがあった。ゴム印を押すときについたのだろう。

伸治の視線に気がついたのか、喜子は指で汚れをこすりながら、

「スタンプインキって、落ちにくいのよねえ」と言った。まったく、屈託がない。

二人は、シネ・ヴィヴァン・六本木の近くにある、「三福」というラーメン屋にいた。裏通りの奥まったところで、ちょっと目につきにくい小さな店だ。

「ドルシネア」の場所を知らない人が、どうしてこんなとこを知ってるんだろう、と思った。

「ここねえ、ワンタンメンが美味《おい》しいよ」などと言っている。

「穴場みたいだけど、ごひいきの店なんですか」

「ちょこっとね」

まったくの行きずりだし、本来ならおごってもらう筋合いでもない。向き合って狭いテーブルをはさんでいると、なんとも妙な感じだった。

それでいて、気詰まりではない。それも不思議だが、喜子のもっている温かな雰《ふん》囲気《いき》のためかもしれないと思った。

「学生さん？」と訊《き》く。

「そうです」

「大学生かな」

「いえ、違います。専門学校」

「へえ。なに習ってんの？」

仲治はめったに出すことのない茶目っけを出して、逆に質問した。

「なんだと思います？」

「当てにくいもの？」

「たぶん。知らないかもしれないし」

喜子はお冷やを一口飲んで、「えーとね」と考え始めた。

「コンピュータに関係ある？」

「いいえ、直接はありません」

「生き物を扱うの？」

「全然」

ワンタンメンがきた。熱々だった。二人はふうふういいながら食べた。

「アニメーションの学校？」

「残念でした。違います」

喜子が降参する前に、仲治は答えを教えた。

「速記なんです」

口に運ぼうとしていた箸《はし》をとめて、彼女は目をパチパチさせた。

「本当？　だって、今でもああいう技術は必要なの？　仕事、あるの？」

痛い質問だった。

喜子が言ったように、速記などもう古いと感じている人は多い。録音機器の性能は恐ろしくよくなっているし、ワープロもあるから。

だが、今はまだ、音声を自動的に文章に翻訳する機械は実用化されていないし、されたとしても、それ一台でありとあらゆる局面に対応できるかどうかは、怪しいものだ。人の手でやらなければならない部分は、必ず残っていくだろう。

今は過渡期だと、伸治は思う。時代はどう進んでいくかわからないが、今はちゃんと、速記士は必要とされているし、プロでなければできない仕事でもある。そんな中で、伸治の父は家業を愛しているし、息子にそれを渡したがっている。

だからそれを受け継ぐためには、古いと思われても、地道に技術を身につけていくしかない。そしていちばん肝心なことは、伸治も父の仕事を見てきて、その仕事が好きだということだ。

だから、割にあわないなあと思いながらも、修業している。試験も受け続けている。

それを話すと、喜子はにっこりした。

「いい話を聞いちゃった。試験、受かるといいね」

「でも、こんなことをしゃべっちゃうのも、心のどこかに、トレンディじゃない仕事だもんなぁというコンプレックスがあるからですよ。だから、一生懸命熱弁するんです」

それは自分でもわかっていた。そしてそのコンプレックスは、どこかで「ドルシネア」にもつながっている。あんな場所は自分には無縁なところだという思いにつながっている。

「そのうち、ほとんど伝統芸能みたいになっちゃうかもしれない」

「そうかしら」

喜子は子供のように頬杖《ほおづえ》をつき、乗りだした。

「ねえ、速記文字で『よしこ』ってどう書くの？」

テーブルの上に、お冷やの水をインキがわりに、指で書いてみせた。彼女は何度かそれをなぞり、覚えてしまった。

「面白いね。外国語みたい」と、笑う。「ねえ、『ドルシネア』はどう書くの？」

伸治が書いてみせると、それに視線を落としたまま、こう訊いた。

「これ、誰の名前だか知ってる？」

「『ドルシネア』って、人の名前なんですか？」

「そうよ。『ドン・キホーテ』に出てくる、お姫様の名前。絶世の美女なの」

そして目をあげると、ほんの少し、寂しそうな顔をした。だからね、あなたに言われるまでもなく、「ドルシネア」があたしには無縁の場所だってことは、ちゃんと知ってるのよ――とでもいうかのように。

4

次の週は、試験が目前なので、アルバイトは免除してもらっていた。ひたすら練習した。何を見ても、頭の中で速記文字になおしてしまう。息抜きにビールを飲んでも、ラベルの文字を見ると、ぱっと速記文字が浮かんでしまう。

試験当日は、雨だった。

受験番号で、会場になる教室が割り振られる。同室の受験生は三十人ほどで、開始直前までウォークマンを使って練習している生徒が目立った。

百十分間、何も考えずに没頭した。答案を提出したとき、真っ先に頭に浮かんだのは、とにかく無事にすんでよかった、ということだった。

高田馬場駅前から、父に電話をかけた。

「できはどうだった?」

「わからないな。まあまあだったとは思うけど」

しばらく沈黙した。

「父さん」

「なんだ」

伸治は受話器を握りしめ、電話ボックスのガラスをすべり落ちていく雨の滴《しずく》を見つめた。

「今度駄目だったら、もう試験は諦《あきら》めてもいいぞ。こっちへ帰ってこいや」

父親のほうが先に、そう言った。

その週の金曜日は、また三輪速記に行くことになっていた。試験結果が出るまで、一カ月ほどかかる。その間も遊んでいるわけにはいかない。

六本木駅で降り、改札を抜ける。そして――

伝言板に、伸治あての伝言があるのを見つけた。

あの女文字だ。

「伸治へ　今夜こそドルシネアに来てね　小百合《さゆり》」

たっぷり二分間は、そこで棒立ちになっていた。

小百合。これを書いている女性は小百合というのか。いたずらじゃないのか。だけど、いったい誰なんだ？

三輪速記でも、試験の首尾を尋ねられた。なんと答えたのか、自分でもわからない。仕事のテープも、ぼんやりと受け取ってデイパックにしまい、挨拶《あいさつ》もそこそこに駅にとって返した。

(今夜こそドルシネアに来てね)

どういうことだろう？「小百合」さんを訪ねて、のこのこ行けというのだろうか。そんなことをして、どういうつもりなんだろう。なんの目的があるのだろう。

いや、小百合なんて女はいないのだ。これはいたずらだよ。

でも——本当にいたらどうする？

迷いながら、自問を繰り返しながら伝言板を見つめていると、ぽんと肩を叩《たた》かれた。ぎょっとした。

「こんばんは。どうしたの？」

喜子だった。

しばらく声が出なかった。ようやく話しだしたときも、しばらくは支離滅裂だった。何をどう、どこから話せばいいか困ってしまったから。

それでも、事情がわかると、喜子はすぐに言った。

「行ってみましょうよ、『ドルシネア』に。あたしも一緒についていってあげる」

「ドルシネア」の入り口は、いかにも人をはばむような、どっしりとした一枚板のドアだった。ちょっと押した程度ではびくともしない。伸治はそこでもう帰りたくなった。

「ビクビクしないの。防音のために厚いドアにしてあるだけよ」

喜子は陽気に言って、先にたって入っていく。

意外なことに、ドアの向こうは静かだった。それもそのはずで、そこはまだ店内ではない。厚い絨毯《じゆうたん》の敷かれた狭いホールで、グレイの制服を着た若い店員が二人、フロントで「いらっしゃいませ」と頭をさげた。

(いらっしゃいませ?)

驚いた。顔を見たとたんに追い出されそうな気がしていたのに。

頭上のダウンライトが、室内を柔らかく照らしている。手前がフロント。その向こうがクローク。左手にアンティークな猫足《ねこあし》つきの応接セットがあり、サラリーマン風の中年の男性が一人、ソファにもたれて雑誌を読んでいる。臆《おく》する様子もなく、喜子はフロントに行って、小声で何やら熱心に話し始めた。今夜も、初めて会ったときと同じような服装だが、背中をしゃんと伸ばし、堂々としている。

喜子が話を終えると、制服の店員は「かしこまりました、どうぞ」と言った。

伸治は耳を疑った。喜子はにこにこしながら戻ってきて、

「小百合さんてお客、確かに来てるって」

店員も進み出てきた。

「事前にお伺いしてあります。お名前は伸治さまでよろしいのですね」

「え？　ええ」

そうか、伝言板の「小百合」は、僕の名字は知らないのだ。

「少々お待ちください。ただ今お呼びして参ります」

店員は、メッセージを書いた小さなホワイト・ボードを手に、カットグラスのように見えるランプをささげて奥の通路に消えていった。

ドアが開け閉めされたのだろう。店内で流れている音楽が聞こえて、消えた。強

いビートの曲だった。

「どういうことなのかな」

喜子は黙ってほほえんだ。

「あたし、こっちに座ってる」と、さっさとソファのほうに歩いていく。先客の男性が、ちらりと彼女を見上げ、また雑誌に視線を戻した。

五分ほどして、さっきの店員が戻ってきた。すぐ後ろに、真っ赤なボディコンシャスのワンピースを着た女性がついてきた。

「お待たせいたしました」と、頭をさげて、店員が離れていく。伸治はその女性と向き合うことになった。

漆黒の髪はボブカットにしてある。白い肌《はだ》に、鮮やかな赤いルージュ。手首には金のブレスレット・ウオッチ。

だが、とっさに見て取ることができたのは、そこまでだった。相手が面と向かって吹きだしたからだ。

「ヤダぁ、やっぱりホントにさえないわねえ！」

ショックを受けている暇もなかった。「小百合」という女性が、ソファにいる喜子を振り向いたからだ。

「ねぇねぇ、どうすんの？　あたし困るわあ」

だが、喜子は立ち上がらなかった。代わりに彼女の隣にいた男性が、手にしていた雑誌を置いて、さっと立った。

彼に気づいたとたん、小百合の笑いが凍り付いた。立ちすくんだ。男は素早く近寄ってくると、そんな彼女の腕をそっと押さえた。

「秦野《はたの》小百合さん」

穏やかだが、声はりんとしていた。

「ずいぶん探しましたよ。勝手に居所《いどころ》を変えてはいけないと、あれほどお話ししたでしょう？　御両親も心配して、ずっと探していたんですよ」

すぐ近くで見ると、彼は、背広の衿元《えりもと》に社章のようなものをつけていた。伸治は心の中であっと叫んだ。

あの、手のひらをぶっちがいにした「ノー」のマークだ。

小百合は目を泳がせて、口をぱくぱくさせている。そして、ぐいと肩をいからすと、伸治をにらみつけた。

「汚いわね。あんた、グルだったの？」

「違うわよ。彼はなんにも知らない」

喜子は座ったまま、抑揚のない声で答えた。

「計画したのは、あたしと平田《ひらた》さん」と、サラリーマン風の男性を見やる。平田さんと呼ばれた男もうなずき、

「さあ、行きましょう。近くの喫茶店で、お母さんが待っているんですよ」

うながして、小百合を店の外に連れ出していった。

彼らの姿が消えて、伸治はようやく言葉を取り戻した。

「どういうことなんですか？」

喜子はただ、「ごめんね」と言った。

十分後——

伸治は、喜子と平田と三人で、「ドルシネア」の奥の、狭い事務室にいた。隅《すみ》のテーブルの上にあるサイホンで、喜子がコーヒーをいれてくれた。

「まず、私の身分から明らかにしておきませんと」

平田はそう言って、胸ポケットから名刺を取りだした。だが、それを受け取るより先に、伸治は言った。

「消費生活研究会の方ですね」

平田は行儀よく問いかけるように眉《まゆ》をあげた。

「バッジでわかりました」

「ほう。これで？」と、衿元をさす。

理由を説明すると、彼は微笑した。

「なるほど。所長のスピーチを文章にしてくれたのは、君だったんだね。世間は狭いものだ」

喜子に笑いかける。彼女はほんの少しほほえんだだけで、心配そうに伸治の顔を見つめている。

ひとつ咳《せき》払いをして、平田は続けた。

「あのスピーチを聞いてもらったなら、うちがどんなことをやっている団体なのか、わかっているよね」

「はい、だいたいのことは」

ブックレットの題名が頭に浮かんだ。

「中でも、うちが今、力を入れているのは、最近どんどん増えてきて、きわめて憂慮すべき状況になっているクレジット破産を防ぐことなんだ。特に、若者のね」

伸治は両手を膝《ひざ》に置き、じっと腰かけて、その言葉を噛《か》みしめた。

クレジット破産。何枚もクレジットカードをつくり、それで買物をしたり遊び回ったり、気がついたときには百万単位の借金ができていた、という若者が増えているのだ。

「相談窓口を設けて、個別に、カウンセリングや信販会社との支払交渉をしているんだよ。秦野小百合さんは、そんな相談客の一人だ。もっとも、相談に来たのは彼女のお母さんだったんだが」

小百合は、十枚ものクレジットカードを持っており、それを無計画に使って、現在、総額四百五十万円の負債を抱えているのだという。

「彼女の場合は、一種の病気なんだろうと思う。浪費病だね。使い道は主に服飾品の購入代と旅行費用だ。ここで遊んだりする程度の金は、ボーイフレンドたちが出してくれるらしい」

「彼女、勤めはなんですか？」

「勤めはしていない。家事手伝いだね」

ため息が出た。

「何度言い聞かせても、逃げ出してはまた浪費する。自分の名前でカードをつくれなくなると、友達の名義を借りる。居所も、やっとつきとめたと思うと変わってしまう。ほとほと手を焼いていたんだ」

そんなときに、彼女が、週末になるとこの「ドルシネア」で派手に遊んでいるという情報をつかんだ、という。

「つかんだはいいが、さて困った。彼女は、うちのスタッフの顔はみんな知っているから、近寄ればすぐに気づかれて、逃げられてしまう。かといって、犯罪者ではないから、手荒な真似《まね》はできない。あまり人前で恥をかかせるのも、今後のことを考えると逆効果だ。なんとか彼女一人だけ、穏やかに呼び出す方法はないものか――」

平田は額をさすった。

「それで、ここの経営者に相談してみた。小百合さんはここの常連客で、経営者とも親しいという。そして、彼女が最近、妙ないたずらをしていて、それを面白がって話しているということを教えてくれた」

小百合は言っていたという。

（六本木駅でさ、とてもじゃないけどここへ来られそうもない、さえない感じの男の子が、『ドルシネアで待つ』って、伝言板に書いてるの、偶然見かけちゃったの。それだけ書いて、反対方向の出口に出ていくの。クライと思わない？　それも

さ、一度や二度じゃないのよ、毎週やってるの）

仲治は目を閉じた。

見ていたのは、彼女だったのか。（ホントにさえないわねえ）という声が、耳によみがえった。

その一方で、あの華やかな秦野小百合も、週末の六本木に地下鉄で通ってきていたのかと思うと、かすかに胸がしめつけられる思いがした。

ふと、彼女が可哀相《かわいそう》になった。地下鉄に乗ってやってきて、クレジットカードで豪遊するシンデレラ。

「小百合さんは、その伝言に、面白がって返事を書いて楽しんでいるという。そして、相手の反応を見てみたいと言っているという。そこで、ここの経営者に頼んで、伝言を書いている青年を連れてきてもらうことにした。彼に会わせるわよ、と言えば、小百合さんも呼び出しに応じて出てくるだろうと思ったんだ。面白半分に……。だから、君には本当に申し訳ないことだと思ったんだが、他に良い手が見つからなくてね」

そういうことだったのか。だから、こんなスタイルの僕が、スムーズに入ってくることもできたんだ。

何度か静かに呼吸をして、ようやく伸治は言った。

「それで、うまくいったんですね」

「そうだよ。ありがとう」

訊《き》きたいことは、あと一つしかなかった。

「それで、ここの経営者は、どなたなんですか」

喜子がぽつりと答えた。

「ごめんね。あたしなの」

喜子が「三福」でした自己紹介は、まったくの嘘《うそ》ではなかった。神谷町には、実際に彼女の両親が経営する不動産会社があり、彼女もそこの社員だという。

「ドルシネア」のオーナーも彼女の父親なのだが、若者の店だからと、経営を娘に任せているのだった。

「『ドルシネア』への道順を教えてほしいって、あなたに声をかけたときのこと、覚えてる？」

伸治は黙ってうなずいた。

「あのときは、知り合うきっかけをつくろうと思って、あんなことを訊いたの。そして、話しているうちに、やっぱりこんなことにまきこんじゃ悪いかなって思った。そしたら、あなたはあたしを追いかけてきて、『ドルシネアはよしたほうがいいです』って言ったでしょ？」

　伸治は、思い出して身を縮めた。

「それで、決心がついたの。小百合さんのためというより、あなたの誤解をといて目を覚ましてもらうために、ここは黙って計画にまきこんでしまおうって」

「目を覚ます？」

「そうよ」

　喜子は真剣だった。

「『ドルシネア』は、あなたが思ってるような店じゃない。むしろ、あなたみたいな人に、たまに気晴らしに来てもらって、楽しんでもらうためのお店なの。あたしはそのつもりでやってきた。店が客を選ぶなんて、あたしが始めたことじゃないのよ。あたし、なんとかして、勝手にできてしまったその壁を破りたかった」

　あたしを見てよ、と、喜子は軽く両手を広げた。

「働くことに夢中で、自分の身をかまってる余裕なんてない。でも、あたしはそれでいいの。ただ、あたしと同じように働いてる人たちに、月に一度でもいいから、贅沢《ぜいたく》な気分を味わってもらえれば、それでいいのよ」

ごめんなさいね、と喜子はもう一度言った。

「『ドルシネア』が『ドン・キホーテ』に出てくるお姫様の名前だってこと、話したわよね？　ドルシネアは、主人公の妄想《もうそう》の中にしかいない想《おも》い姫なのよ。実際の彼女は、アンドンサという酒場女なんだ。でも、主人公は彼女の中に、本物の想い姫を見つけるのよ」

ドルシネアは、ただの幻なのだ。でも――

「速記の話、面白かった。頑張《がんば》ってね。もしよかったら、試験の結果も知らせてくれない？　一生懸命やってるんだもの、きっと合格してると思う……」

喜子の言葉が途切れると、部屋の空気もしいんとした。

伸治はじっとうつむいていた。遠くから、「ドルシネア」で流れている音楽が、低く小さく響いてくる。

三週間後、試験の結果が発表された。

伸治は合格していた。

実家に報告し、学校に知らせた。そして最後に、少しためらってから、喜子に電話をかけた。

「ヤッタね!」と、彼女は叫んだ。伸治も叫び返した。

彼女の顔が見たくなった。会って話がしたくなった。地下鉄に飛び乗り、六本木駅に着くと、階段を一段抜かしで駆け上がった。

改札を抜ける。そこの伝言板いっぱいに、親しみやすい丸い文字で、大きくメッセージが書かれていた。

ドルシネアにようこそ、と。

解　説――思わぬ人の温かさに癒される

細《ほそ》谷《や》正充《まさみつ》

本書『あなたに謎と幸福を――ハートフル・ミステリー傑作選』は、女性作家によるハートフルな味わいのミステリーを集めたアンソロジーである。ハートフル・ミステリーとは、いささか抽象的だが、読んで温かな気持ちになる物語だと思っていただきたい。ミステリーは基本的に犯罪事件を扱っており、本来ならハートフルとは反対のベクトルを持っている。しかし一方で、非常に後味のよいストーリーも、多数存在しているのだ。ここに収められているのは、そのような作品なのである。

さて、収録した各話の内容に踏み込む前に、本書の成り立ちを説明しておこう。本書と同時に〝イヤミス〟をテーマにしたアンソロジー『あなたの不幸は蜜の味――イヤミス傑作選』が刊行されている。そもそもは、そちらの企画だけが進行していた。だが担当編集者から、イヤミスと対になるアンソロジーを一緒に刊行したら面白いのではないかといわれ、愉快な趣向だと思った。もちろん、仕事の量が倍になるのは大歓迎。さっそく作品セレクトを開始したのである。ところがだ。いざ始めてみると、予想以上に難航した。大きな理由は読後感だ。後味のよい話というのは、どこか読後感が似てしまうのである。『あなたの不幸は蜜の味』では、そんなことはなかった。ロシアの文豪トルストイの『アンナ・カレーニナ』の冒頭に記された「幸せな家族はどれもみな同じようにみえるが、不幸な家族にはそれぞれの不幸の形がある」（光文社古典新訳文庫・望月哲男訳）という有名な文章を、ここで想起することになるとは思わなかった。

という苦労はあったが、最終的に収録された五作に絞《しぼ》った。手間がかかった分、選んだ作品には自信がある。どうか温かな後味の物語を、じっくりと楽しんでいただきたい。

「割り切れないチョコレート」　近藤史恵

デビュー以来、多彩な作品を発表している作者は、幾つものシリーズを手掛けている。その中で、特に人気が高いのが、ロードレーサーを主人公にした「サクリファイス」シリーズと、下町の小さなフレンチ・レストランを舞台にした「ビストロ・パ・マル」シリーズだろう。本作は、その「ビストロ・パ・マル」シリーズの一篇だ。

〈ビストロ・パ・マル〉の片隅で、不穏な空気を漂わせている男女の客。その男の方から、チョコレートの味に文句をつけられる。事実、他店から仕入れていたチョコレートの味は落ちていた。文句をつけた男が、チョコレート専門店〈ノンブル・プルミエ〉のショコラティエの鶴岡正《つるおかただし》だと知った店の面々は、従業員の高築智行《たかつきともゆき》に偵察に行かせる。高築の買ってきたチョコレートは、たしかに美味《おい》しい。だが、セット販売のチョコレートの数は、なぜか素数《そすう》だった。

素数とは、一とその数以外では割り切れない数のこと。七・十一・十七などがそうだ。必然的に奇数になる。なぜそんな半端な数をセットにするのか。この謎を〈パ・マル〉のシェフ、三舟《みふね》が、いつものように鮮やかに推理する。本作が嬉《うれ》しいのは、ここからだ。三舟の推理から見えた真相に、温かな気持ちを覚えずにはいられない。読者に明るい想像を与えるラストまで含め、気持ちのいい作品なのである。

「鏡の家のアリス」　加納朋子

主人公は、私立探偵事務所を構える仁木順平《にきじゅんぺい》。といってもハードボイルドではない。順平と、彼の助手になった安梨沙《ありさ》が、数々の謎に挑む「アリス」シリーズは、人の心を真摯《しんし》に見つめたミステリーなのだ。また各話が、ルイス・キャロルの『不思議の国のアリス』『鏡の国のアリス』をモチーフにしている点も、読みどころといっていい。

本作でもそれは変わらない。今は家を出て生活をしている息子から、恋人の白川《しらかわ》由理亜《ゆりあ》がストーカー被害に遭《あ》っていると相談された順平。由理亜の部屋にまで乗り込むストーカーの田中明子《たなかあきこ》に、対峙するのだが……。これ以上、突っ込んで書くとネタバレになりかねない。それほどテクニカルなミステリーである。どうか読んで、作者の技に瞠目《どうもく》してもらいたい。

さらに真実が暴《あば》かれた後の、順平と息子のやりとりがいい。親子や家族の温かな関係に、こちらの胸まで満たされてしまうのだ。本作を選んだ理由は、ここにある。

「次の日」　矢崎存美

もしあなたが、作者の「ぶたぶた」シリーズを知らず、なおかつ収録作より先に解説を読んでいるのだったら、悪いことはいわない。すぐさま本作を読んでいただきたい。なぜなら最大最高の驚きが、味わえなくなってしまうからだ。えっ、何だかわからないが、隠して解説を書けばいいだろうって。「ぶたぶた」シリーズでは不可能なのである。その驚きを明らかにしなければ、シリーズの魅力を語れないからだ。

さあ、宜《よろ》しいかな。書くよ、書いちゃうよ。「ぶたぶた」シリーズの主人公は、なぜか生きて歩いて人間の言葉を喋《しゃべ》る、ピンクのぶたのぬいぐるみ〝山崎ぶたぶた〟なのだ。しかも登場する作品によって、職業が違う。本屋カフェの店主・動物病院の院長・ホテルのバトラーなど、変幻自在である。そんな彼（?）が、さまざまな悩みや鬱屈《うっくつ》を抱える人間と触れ合い、いつの間にか、心をほぐしていく。なんともユニークで、温かなシリーズなのだ。その中から、春日《かすが》署の刑事をしているぶたぶたが活躍する、この作品を選んだ。

作者は優《すぐ》れた長篇ミステリー『キルリアン・ブルー』を上梓《じょうし》しており、「ぶたぶた」シリーズにもミステリーといえる作品が幾つかある。それだけにミステリーの面白さは抜群だ。七年ぶりに帰ってきた父親が、猟銃で娘を脅《おど》かし、かつて住んでいた家に籠城《ろうじょう》。いち早く駆けつけたぶたぶたは、娘の代わりに人質となり、犯人の意外な真実を暴くのである。

本作のラストを読んで、なぜこのアンソロジーに収録したか、疑問に思う人がいるかもしれない。私個人が「ぶたぶた」シリーズが大好きだということもあるが、それとは別に、これもまた温かな読後感を与えてくれる作品だと確信しているからだ。ささやかな希望に満ちたラストは、ハートフル・ミステリーというに相応《ふさわ》しい。

「君の歌」　大崎　梢

駅ビル内にある書店を舞台にしたデビュー作『配達あかずきん　成風堂書店事件メモ』から、ハートフルな味わいが大崎作品の魅力となっている。それが事実であることは、本作で納得《なっとく》してもらえるだろう。

高校を卒業した日。骨折した祖母の快気祝いと、自分やイトコの卒業祝いがあるため、湯沢芳樹《ゆざわよしき》は打ち上げにも参加せず帰路についた。ところがクラスメートだったが、親しくない高崎《たかさき》から声をかけられる。高崎は以前、防犯プリントを四人で作っていたときの話題を蒸し返した。三年前、西中《にしちゅう》で女生徒が襲《おそ》われ、軽傷を負った事件だ。別の中学だった芳樹にとっては、そのとき限りの話題。そのことを今さら、別の中学だった芳樹に話す理由は、どこにあるのだろうか。

事件の状況はちょっと複雑なのだが、それを作者は会話を中心にして、手際《てぎわ》よく説明していく。犯人消失の不可能犯罪にも見える事件を、鮮やかに解き明かす、芳樹の安楽椅子《いす》探偵ぶりが素晴らしい。しかし彼の推理には、ある秘密があった。すべて分かったとき、これから広い世界に羽ばたく若者たちに贈る、作者の応援歌が聞こえた。ハートフルな風が吹き抜けたかのような、爽《さわ》やかなストーリーなのである。

「ドルシネアにようこそ」宮部みゆき

ラストは宮部作品である。〝華の金曜日〟という言葉が出てくることからも分かるように、物語の時間は、日本が好景気に浮かれていたバブル景気の時代。しかし、時代の波とは無縁に生きている人もいた。東京の速記学校に通っている篠原伸治《しのはらしんじ》だ。高校を卒業して上京三年目。地方都市で速記事務所を営んでいる父親の跡を継ぐため、速記技能検定試験に挑んでいるが、落ち続けている。仕送りはあるが、生活は苦しい。金曜の夜は、六本木にある速記事務所のバイトをしている。

そんな彼のささやかな気晴らしは、地下鉄の六本木駅にある伝言板（これも懐《なつ》かしい）に、「ドルシネアで待つ　伸治」と書き込むこと。「ドルシネア」とは、店が客を選ぶ高級ディスコだ。もちろん一度も行ったことはない。ところがある日、彼の伝言に返答があった。さらに「ドルシネア」に行きたいという、冴《さ》えない女性に声をかけられたことから、伸治は奇妙な騒動に巻き込まれていく。

現在から見ると、仕送りを受けていて、帰る家もある主人公は、恵まれた境遇である。でも、伸治の感じる疎外感は、今の多くの若者の思いと通じ合う。しかも彼は人がいい。だから、伸治に共感を抱いて読み進めるうちに、ストーリーに引き込まれてしまう。彼の日常の説明描写が、「ドルシネア」の騒動と繋《つな》がる巧《たく》みな展開。第六回山本周五郎賞を受賞した『火車《かしゃ》』を連想させる部分。「ドルシネア」の真実。さまざまな要素を絡《から》ませながら、未来に踏み出していく伸治の姿を、ハートフルに描き切っているのだ。素敵な作品である。

以上五篇、楽しんでもらえただろうか。もしかしたらハートフルな世界を堪能《たんのう》しすぎて、逆方向の作品を読みたくなった読者がいるかもしれない。そんな人には、先に触れた『あなたの不幸は蜜の味――イヤミス傑作選』を、お薦めしておく。人の心の明と暗。二冊併《あわ》せて味わっていただければ、こんなに嬉しいことはない。

（文芸評論家）

〈出典〉

◎「割り切れないチョコレート」（近藤史恵『タルト・タタンの夢』所収、創元推理文庫）

◎「鏡の家のアリス」（加納朋子『虹の家のアリス』所収、文春文庫）

◎「次の日」（矢崎存美『再びのぶたぶた』所収、光文社文庫）

◎「君の歌」（大崎 梢『忘れ物が届きます』所収、光文社文庫）

◎「ドルシネアにようこそ」（宮部みゆき『返事はいらない』所収、新潮文庫）

著者紹介

近藤史恵（こんどう　ふみえ）

1969年、大阪府生まれ。大阪芸術大学文芸学科卒。93年、『凍える島』で鮎川哲也賞を受賞してデビュー。2008年、『サクリファイス』で大藪春彦賞を受賞。著書に、『タルト・タタンの夢』のほか、『天使はモップを持って』『あなたに贈る ×（キス）』『昨日の海と彼女の記憶』『みかんとひよどり』などがある。

加納朋子（かのう　ともこ）

1966年、福岡県生まれ。文教大学女子短期大学部卒。92年、『ななつのこ』で鮎川哲也賞を受賞。94年発表の短編「ガラスの麒麟」で日本推理作家協会賞を受賞。著書に、『虹の家のアリス』をはじめとする「アリスシリーズ」のほか、『掌の中の小鳥』『コッペリア』『モノレールねこ』『カーテンコール！』などがある。

矢崎存美（やざき　ありみ）

埼玉県生まれ。1985年、星新一ショートショートコンテスト優秀賞を受賞。89年に作家デビュー。著書に、代表作「ぶたぶた」シリーズのほか、「神様が用意してくれた場所」「食堂つばめ」「NNNからの使者」のシリーズなどがある。

大崎　梢（おおさき　こずえ）

東京都生まれ。2006年、書店勤務の経験を生かした連作短編『配達あかずきん』でデビュー。著書に、『忘れ物が届きます』のほか、『片耳うさぎ』『ねずみ石』『かがみのもり』『だいじな本のみつけ方』『ふたつめの庭』『誰にも探せない』『よっつ屋根の下』『ドアを開けたら』、また出版社・千石社を舞台にしたシリーズなどがある。

宮部みゆき（みやべ　みゆき）

1960年、東京都生まれ。87年、オール讀物推理小説新人賞を受賞してデビュー。92年、『本所深川ふしぎ草紙』で吉川英治文学新人賞、93年、『火車』で山本周五郎賞、99年、『理由』で直木賞、2002年、『模倣犯』で司馬遼太郎賞、07年、『名もなき毒』で吉川英治文学賞を受賞。著書に、『返事はいらない』のほか、『桜ほうさら』『<完本>初ものがたり』、「杉村三郎」シリーズなどがある。

本書は、ＰＨＰ文芸文庫のオリジナル編集です。

編者紹介
細谷正充（ほそや　まさみつ）
文芸評論家。1963年生まれ。時代小説、ミステリーなどのエンターテインメントを対象に、評論・執筆に携わる。主な著書・編著書に、『歴史・時代小説の快楽 読まなきゃ死ねない全100作ガイド』『あやかし〈妖怪〉時代小説傑作選』『なぞとき〈捕物〉時代小説傑作選』『情に泣く 人情・市井編』などがある。

ＰＨＰ文芸文庫　あなたに謎と幸福を
ハートフル・ミステリー傑作選

2019年7月22日　第1版第1刷

著　者　近藤史恵　加納朋子
矢崎存美　大崎　梢
宮部みゆき
編　者　細　谷　正　充
発行者　後　藤　淳　一
発行所　株式会社ＰＨＰ研究所
東京本部　〒135-8137 江東区豊洲5-6-52
第三制作部文藝課　☎03-3520-9620（編集）
普及部　☎03-3520-9630（販売）
京都本部　〒601-8411 京都市南区西九条北ノ内町11
PHP INTERFACE　https://www.php.co.jp/
組　版　朝日メディアインターナショナル株式会社
印刷所　図書印刷株式会社
製本所　東京美術紙工協業組合

　ISBN978-4-569-76944-8